Fischer TaschenBibliothek

Alle Titel im Taschenformat finden Sie unter:
www.fischer-taschenbibliothek.de

In welcher Ecke meines Zimmers sollte ich denn einsam sein?, fragt Maria Nikolajewna. Ihr Zimmer bewohnt sie mit Mutter, Tochter und Enkelin. In der Küche treffen die Bewohner der Gemeinschaftswohnung aufeinander, jede Partei hat einen Tisch, Länge und Breite sind vorgeschrieben, niemand darf bevorzugt werden. Es gibt einen Topf, in dem immer etwas köchelt, immer jemanden, der eine Meinung hat. Janka will hier ein Konzert geben, doch ihre Gitarre ist kaputt und ihr Freund unauffindbar. Großmutter Warwara geht zur Arbeit, obwohl keine Kollegin mehr auf sie wartet. Matwej bricht nach dem Vorfall mit einem Studenten seinen Arbeitstag ab und Maria bewacht im Museum die Vergangenheit. Dieser 11. März 1985 ist ein ganz normaler Tag in einer sowjetischen Kommunalka. Dass sich etwas ändern kann, glaubt niemand mehr. Und doch sind da die Hoffnung und das Begehren, und wer die Zeichen zu deuten wagt, hört im Radio ganz leise schon die Zukunft.

Katerina Poladjan ist eine genaue Beobachterin und Chronistin unserer Zeit und zeigt erneut, wie europäisch die deutschsprachige Literatur sein kann. »Zukunftsmusik« ist ein zeitloser und humorvoller Roman, der sich der alten und hochaktuellen Frage widmet: »Was also tun?«.

Katerina Poladjan wurde in Moskau geboren und lebt heute mit ihrer Familie in Berlin. Nach ihrem Debütroman »In einer Nacht, woanders«, erschienen »Vielleicht Marseille« und »Hinter Sibirien«. Sie erhielt zahlreiche Auszeichnungen und Stipendien. Ihr dritter Roman »Hier sind Löwen« wurde in sieben Sprachen übersetzt, stand auf der Longlist des Deutschen Buchpreises und wurde 2021 mit dem Nelly-Sachs-Preis ausgezeichnet. »Zukunftsmusik« war nominiert für den Preis der Leipziger Buchmesse und wurde ausgezeichnet mit dem Rheingau Literatur Preis und dem Chamisso-Preis 2022 der Stadt Dresden.

Weitere Informationen finden Sie auf www.fischerverlage.de

Katerina Poladjan

Zukunftsmusik

Roman

FISCHER TaschenBibliothek

Die Arbeit an diesem Roman wurde freundlicherweise unterstützt vom Deutschen Literaturfonds e.V., der Akademie der Künste und dem Berliner Senatsstipendium.

Erschienen bei FISCHER Taschenbuch
Frankfurt am Main, April 2024

© 2022 S. Fischer Verlag GmbH,
Hedderichstr. 114, D-60596 Frankfurt am Main
Die Nutzung unserer Werke für Text- und Data-Mining im Sinne von § 44b UrhG behalten wir uns explizit vor.

Umschlaggestaltung: Andreas Heilmann und Gundula Hissmann, Hamburg
Umschlagabbildung: © Jane McDevitt / Maraid Design
Druck und Bindung: CPI books GmbH, Leck
ISBN 978-3-596-52358-0

Für Alva

Играем

1

Tausende Werst oder Meilen oder Kilometer östlich von Moskau ragte das Skelett einer Radarstation in den Nachthimmel, schwach beleuchtet von den Lampen der Glühbirnenfabrik, die immer brannten. Der März war mild, die Temperatur lag knapp unter null, und den sandigen Boden der Brache bedeckte schmutziger Schnee. Schnee schimmerte auch auf der Böschung, wo das Flussufer steil abfiel, an den Rundhorizont dahinter waren blasse Sterne projiziert, was hübsch aussah, und unten, das wusste Janka, nahm teerschwarz und träge der Strom alles mit sich, auch die Zeit. Janka setzte sich auf einen Baumstumpf, zog den Reißverschluss ihres Parkas hoch und zündete sich eine Zigarette an. Ihre Hand roch sauer nach Metall.

Zur Mitte der Nachtschicht war der Vorarbeiter vor die Belegschaft getreten, er hatte ein Transistorradio in die Höhe gehalten, aus dem Chopins Trauermarsch schepperte. Ihr wisst, was das bedeutet, hatte er gerufen und verkündet, das sei kein Grund zu verzagen, mehr denn je brauche die Sowjetunion jetzt Licht.

Noch zwei Stunden bis Sonnenaufgang. Janka warf die Zigarette weg und sah zu, wie sie im kalten Sand verglühte.

2

Ein Poltern und Scharren im Korridor riss Matwej Alexandrowitsch aus dem Schlaf. Er fingerte nach der Armbanduhr auf dem Nachttisch, und Gagarin rutschte von seiner Brust. Es war noch nicht einmal halb sechs, und Matwej hoffte, Janka würde nicht sofort ihr Kind wecken, wie sie es gewöhnlich nach der Nachtschicht tat, das Kind würde plärren und seine morgendlichen Rituale empfindlich stören. Er lauschte und kraulte Gagarin hinter den Ohren. Im vergangenen Jahr war das Fell des alten Katers stumpf geworden, und Matwej hatte schon befürchtet, Gagarin würde sterben, aber der dachte nicht daran.

Matwej Alexandrowitsch stand auf und schaltete das Radio ein. Sie spielten den dritten Satz aus Chopins zweiter Klaviersonate, den Trauermarsch. Er drehte den Ton leiser, stellte sich in Unterwäsche neben dem Bett auf, stemmte sich auf die Zehenspitzen, was den Beginn seiner täglichen gymnastischen Übungen markierte, da krähte die kleine Kroschka los. Matwej ließ sich auf die Fersen sinken und lauschte. Das Kind verstummte. Damit bestand noch die Möglichkeit, dass nicht alle erwacht waren und binnen kurzem in der Gemeinschaftsküche erscheinen würden. Matwej Alexandrowitsch schlüpfte in Hausmantel und Pantoffeln, durchmaß mit zwei Schritten sein Zimmer und schlich hinüber. Im Korridor hielt er kurz inne, aus dem Zimmer des Professors kamen Laute, als huste jemand in den Schallbecher einer Tuba.

Auf dem Herd der Karisen stand ein großer Topf mit Reis und Fleischstücken. Ohne das Licht anzuschalten, nahm er einen Löffel und aß direkt aus dem Topf. Das Fleisch schmeckte zart nach Huhn. Oder war es Schlange? Woher bekamen die Karisen Schlange zum Kochen? Im Erholungspark der Stadt gab es selbst im Sommer nur armselige Blindschleichen. Er aß noch ein paar Löffel, wischte sich den Mund an einem fadenscheinigen Handtuch ab und sah sich in der Küche um, die im matten Schein einer Straßenlaterne ihre ferne aristokratische Herkunft erahnen ließ.

Sechs Mietparteien lebten unter dem bröckelnden Stuck der Gründerzeit, und man ging sich aus dem Weg – soweit es die Umstände erlaubten. Den Bewohnern der Zimmer am Ende des Korridors begegnete Matwej selten, zum Beispiel den Karisen oder dem alten Professor, der ein so unauffälliges Leben führte, dass Matwej seinen Namen immer dann wird es auch wieder Frühling, und die Birken bekommen kleine grüne Blättchen.

Was die Bäume betrifft, so sage ich Ihnen, dass, wenn Sie von der Beschaffenheit der Rinde einer Eberesche, einer Erle oder eben von der Farbe des Blattes einer Birke sprechen, ich mich von Ihnen angesprochen fühle, als gälte Ihre Ansprache nicht den Bäumen, sondern mir. Ich fühle mich geschmeichelt von der Zärtlichkeit Ihrer Worte über die Bäume, die so stumm und erhaben ihr Dasein fristen. Ich sage Ihnen noch etwas, aber bitte lachen Sie mich nicht aus: Mein junges Ich konnte sich vor dreißig Jahren nicht vorstellen, dass es einst beim Gedanken an eben diese Bäume in Schwermut versinken würde.

Maria Nikolajewna gähnte laut und breit und schön, erhob sich, nahm den Wasserkessel vom Herd, schob die Wäsche, die an mehreren, durch die gesamte Küche gespannten Leinen hing, beiseite und fragte schließlich gedankenverloren: Bäume, sagten Sie? Sie lesen zu viel Turgenjew.

Im hinteren Teil der Wohnung wurde ein Radio eingeschaltet, es erklangen die letzten Takte von Chopins Trauermarsch, dann intonierte ein Chor: Unsterbliche Opfer, ihr sanket dahin. Das Radio wurde wieder ausgeschaltet.

Aber ja doch, Bäume, sagte Matwej Alexandrowitsch, der sich plötzlich auch sehr müde fühlte, wenn Sie es wünschen, führe ich Sie nächsten Sonntag zu einem Spaziergang in den Erholungspark aus und zeige sie Ihnen.

Nicht doch, Matwej, das müssen Sie nicht, denn wer weiß, ob die Bäume dieser Tage nicht auch trauern und ein ganz klägliches Bild abgeben.

Was meinen Sie, verehrte Maria Nikolajewna?

Es ist ja nicht zu überhören, dass in Moskau schon wieder einer gestorben ist. Übrigens, haben Sie die Zeit?

Die Zeit?

Wie spät ist es?

Gleich halb sieben. Ich glaube nicht, dass die Bäume trauern, außer die Weiden natürlich. Ulmen und Birken sind grundsätzlich von fröhlichem, von leichtem Gemüt. Eichen sind manchmal etwas ernsthaft, aber Trauer? Um Stalin haben wir getrauert, um Breschnew haben wir getrauert – und heute?

Maria Nikolajewna sah Matwej Alexandrowitsch lange an und sagte nichts. Dann warf sie vier Stückchen Zucker in eine weitere Teetasse und rührte sorgfältig um.

Dein Tee, Mutter.

Warwara Michailowna trat auf, nahm die Tasse, sah ihre Tochter an und sagte, ich werde bald sterben.

Guten Morgen, verehrte Warwara Michailowna, sagte Matwej Alexandrowitsch.

Warwara Michailowna grunzte zur Antwort und wandte sich wieder ihrer Tochter zu. Wo ist Janka?

wieder vergaß. Im mittleren Teil des Korridors wirkte die Liebermann, daneben – im größten Zimmer von allen – wohnten die Kosolapijs. Mit den Damen im vorderen Teil der Wohnung hatte Matwej mehr Austausch, ihr Zimmer lag dem seinen gegenüber.

Matwej Alexandrowitsch legte den Löffel in einen Zuber mit schmutzigem Besteck und Geschirr. Die mangelnde Sauberkeit war ein immerwährendes und ermüdendes Thema in der Kommunalka, aber am Ende räumten die Karisen auf. Wann sie das taten, wusste niemand, noch nie hatte sie jemand dabei beobachtet, nur manchmal, mitten in der Nacht, meinte Matwej Alexandrowitsch, er höre die Karisen mit Kehrschaufel, Mopp und Besen hantieren.

Nebenan ließ Janka das Badewasser rauschen, was seine Rasur auf unbestimmte Zeit verschob.

Ein elektrischer Blitz an der Oberleitung des vorüberfahrenden Siebzehner Busses erhellte das Gesicht Michail Potapitsch Toptigins, der als Spardose auf dem großen Regal thronte. Die Bewohner der Kommunalka waren aufgerufen, dem Bären wöchentlich einige Münzen für gemeinschaftliche Anschaffungen von Kernseife oder Toilettenpapier zwischen die Augen zu stecken. Michail Potapitsch Toptigin hatte stets einen leeren Bauch, aber wiederum wie von Zauberhand wurden die Vorräte ergänzt, wenn es nötig war. Da sollte noch mal jemand über ihr System schimpfen.

Matwej Alexandrowitsch schaute hinaus. Nur ein einziges Fenster in der Straße war erleuchtet, die Menschen schliefen wie Schafe. Im Schein einer brennenden Zimmerlampe jedoch lagen vielleicht zwei im Liebesspiel vereint auf dem Sofa, strotzend vor Gesundheit knufften und küssten sie sich bis zum Sonnenaufgang. Matwej Alexandrowitsch seufzte und erschrak, weil sein Seufzen in der Küche so unheimlich widerhallte. Er seufzte noch einmal, diesmal leiser. Er brummte ein wenig, knurrte, summte, summte lauter, dann sang er:

*Unsterbliche Opfer,
ihr sanket dahin,
wir stehen und weinen,
voll Schmerz, Herz und Sinn.
Ihr kämpftet und starbet
für kommendes Recht,
wir aber, wir trauern,
der Zukunft Geschlecht.*

Wo sollen sich denn in unserer Küche die unsterblichen Opfer versteckt haben, verehrter Matwej Alexandrowitsch?

Er fuhr herum. Vor ihm stand Maria Nikolajewna im zartrosa Morgenrock, und ob es einfach eine

Sie badet.

Natürlich. Was sonst. Entweder sie badet oder sie schreit.

Sie schreit nicht, sie singt.

Und wer ist gestorben? Sie spielen Chopin.

Der verehrte Matwej Alexandrowitsch vermutet –

Solange nichts offiziell verlautbart ist, vermute ich gar nichts!, rief Matwej Alexandrowitsch mit ungewöhnlicher Heftigkeit.

Wer auch immer gestorben ist, beschwichtigte Maria Nikolajewna, ich muss mich jetzt fertig machen. Bis später.

Hüte dich vor den Karisen, sagte Warwara Michailowna.

Hüte dich vor dir selbst.

Bevor Sie gehen, verehrte Maria Nikolajewna, das Badezimmer ist schon wieder von Ihrer Tochter besetzt. Man muss etwas tun.

Und was muss man tun, Matwej? Was schlagen Sie vor?

Die kleine Kroschka erschien barfuß in der Tür, Warwara Michailowna nahm sie auf den Schoß und zauberte ein Paar Wollsocken aus ihrem Morgenmantel. Du wirst dich erkälten, Kind! Aber das interessiert hier ja niemanden, mein armer Engel.

Ein Mann muss mit ihr sprechen. Ein Machtwort, verstehen Sie?

Ja, ich verstehe, Matwej Alexandrowitsch, aber

Sie werden nicht derjenige sein. Maria Nikolajewna schob sich an ihm vorbei aus der Küche und klopfte entschieden gegen die Badezimmertür. Janka, komm endlich raus. Sie versuchte, ihrer Stimme einen autoritären Klang zu verleihen. Man hörte Janka noch ein paar Takte singen dann schimpfen.

Sehen Sie, man kann nichts tun, rief Maria Nikolajewna über die Schulter.

Übersprungshandlung war oder ob es die blonden Locken waren, die Maria Nikolajewna auf die Schultern fielen, blonde Locken, die bei Tage stets zu einem strengen Knoten gesteckt waren, oder ob es der Kragen ihres Nachthemdes war, der unter dem Revers des Morgenrockes hervorschaute, wusste er später nicht mehr, jedenfalls ließ er sich dazu hinreißen, Maria Nikolajewna an den Schultern zu packen und ihr die nächste Strophe des Liedes ins Gesicht zu schmettern, als gäbe es kein Morgen.

> *Einst aber,*
> *wenn Freiheit den Menschen erstand*
> *und all euer Sehnen Erfüllung fand:*
> *Dann werden wir künden,*
> *wie ihr einst gelebt,*
> *zum Höchsten der Menschheit*
> *empor nur gestrebt!*

Matwej, beruhigen Sie sich. Ich mache uns einen Tee. Es gibt auch Schokoladenkonfekt, eigens verwahrt für den Geburtstag meiner Mutter, aber Sie scheinen es gerade nötiger zu haben.

Hätte ich gewusst, dass ein patriotisches Lied mich in den Genuss Ihrer Anwesenheit und in den von Schokoladenkonfekt bringt, hätte ich diese Maßnahme längst ergriffen.

Maria Nikolajewna schaltete das Licht ein und

machte sich an ihrem Herd zu schaffen. Matwej Alexandrowitsch betrachtete ihre Fesseln, von denen ein schmaler weißer Streifen zwischen dem Saum ihres Morgenrockes und den kunstfellbesetzten Stulpen ihrer Pantoffeln zu sehen war. Er ließ sich auf einen Stuhl sinken. Kein Gestirn, keine Sonne hatte das Recht, so weit in die Umlaufbahn der anderen einzudringen, dass es zu den unabsehbaren Folgen kam, die sich nun in der schrecklichen Unordnung seiner Gedanken ausdrückten.

Wissen Sie, Maria Nikolajewna, jeder Mensch lebt in seiner eigenen, abgeschlossenen Welt, das ist ein höheres Gesetz und erscheint mir somit recht und billig. Aber Ihre Tochter Janka lebt in einem besonders fremden und weit entfernten Kosmos, und darf sie deshalb, wenn sie frühmorgens von der Nachtschicht kommt, so egoistisch sein, dass sie sofort ihr Kind weckt, das dann mit seinem Geplapper und Geplärr die ganze Kommunalka aus dem Schlaf reißt?

Ein Scheißleben haben wir, sagte Maria Nikolajewna. Sie reichte Matwej eine Tasse Tee, setzte sich zu ihm an den Tisch und beugte sich über die Schachtel mit dem Konfekt. Im selben Augenblick stellte sie offenbar fest, dass dieser Satz, den sie oft und gern sagte, gerade gar nicht passte. Wohl daher fügte sie schnell hinzu: Und nicht mehr lange,

3

Janka streckte das linke Bein aus dem lauwarmen Wasser und betrachtete ihren Fuß, bewegte ihn kreisend – ein solider Fuß. Sie schloss die Augen, nur noch fünf Minuten hier in der Badewanne liegen. Ihre Glieder waren schwer. Die Schicht war endlos lang gewesen, beleuchtet von abertausend schreiend hellen Glühbirnen. Schrauben, begutachten, schrauben, sortieren. Diese Nachtschichten schärften ihr Bewusstsein auf sonderbare Weise, und Janka entwickelte einen Sinn für Bedeutungslosigkeiten. Sie erinnerte sich, wie die Kolleginnen schwatzend in der Pause zusammengestanden hatten, und als sie dazugetreten war, um auch eine Zigarette zu rauchen, hatten sie das Thema gewechselt und sich mit den Augen verständigt. Worüber? Es war bedeutungslos. Die Kolleginnen waren egal. Die Fabrik war egal. Sie konnte schwerelos sein, und sie konnte traurig sein, und sie konnte dumm und glücklich sein. Oder sie könnte aufhören – endlich aufhören –, sich zu fragen, wie sie sein könnte, oder wie sie sein wollte, oder wie die Welt sie wollte. War sie nützlich, oder käme die Welt ohne sie aus? Tastend glitt ihre Hand zum Bauch, zur Hüfte, Luftbläschen stiegen auf und zersprangen an der Oberfläche. Sie tauchte unter und schwamm dem Ufer entgegen, tauchte wieder auf. Alle waren da, Pawel, Olga, Emi, Kostja und Andrej. Emi und Kostja lagen eng umschlungen auf einer Decke und fraßen sich gegenseitig auf. Olga lallte Verse von Pasternak, Andrej bewachte das Schaschlik über der Glut, und Pawel stand am Ufer und hielt nach ihr Ausschau.

Kann mir einer von euch Bastarden mal ein Handtuch reichen, rief sie im eiskalten Wasser stehend, so kalt, dass sich die Fische nach Afrika davongemacht hatten. Pawel ließ Hemd und Hose fallen, rannte mit wedelndem Pimmel auf sie zu und umarmte sie fest. Und du bist jetzt also mein Handtuch, murmelte sie in die warme Kuhle zwischen Hals und Schlüsselbein. Bin ich.

Andrej posierte athletisch mit der Grillzange und stopfte sich ein riesiges Stück Weißbrot in den Mund. Drumherum schimmernde Birken, blitzendes Wasser und eine gleißende Ahnung, dass der Sommer sein Ewigkeitsversprechen nicht halten würde. Den nackten Pawel an sich klebend, versuchte Janka, von der Stelle zu kommen, durch das Gras zu schlittern wie auf Skiern in nassem Schnee, Schritt um Schritt. Du brichst mir noch das Rückgrat. Sie kniff ihm in die Eier, endlich ließ er von ihr und fiel tot zu Boden. Andrej warf Janka ihr Hemd zu und grinste.

Was ist?

Singen wir was, Janka?

Für wen?

Für uns.

Welches Lied willst du singen?

Statt einer Antwort gab er ihr einen Spieß mit verbrannten Zwiebeln und fettem Fleisch, betrachtete ihren kauenden Mund. Die Fettstücke, die sie verschmähte, nahm er und aß sie. Das ist das Beste, und du spuckst es aus.

Janka ließ noch ein wenig heißes Wasser nachlaufen. Wie wunderbar es im Bauch der Wanne war. Alles liegt noch vor mir, lieber Gott, mach, dass ich noch viele Münder küssen werde, mach, dass meine Lieder gehört werden.

Am Abend würde sie ein Konzert in ihrer Küche geben, ein Kwartirnik, sie allein mit der Gitarre vor zehn, vielleicht zwanzig Leuten. Wenn so viele kämen, würde es eng werden, und noch immer hatte sie kein anständiges Instrument. Andrej war vor ein paar Tagen betrunken in ihre Gitarre gestolpert, der Korpus hatte den Tritt überstanden, aber die Verbindung von Decke und Zarge war an einer Stelle aufgeplatzt, und der Steg sah aus, als würde er sich bald lösen. Andrej hatte seine Verlegenheit feixend überspielt, du musst mir dankbar sein, Janka, jetzt klingt es endlich nach Punkmusik. Pawel wäre beinahe auf Andrej losgegangen, Janka war dazwischengetreten, Andrej hatte sich verzogen. Pawel hatte versprochen, eine neue Gitarre zu besorgen, war aber jedes Mal mit Ausflüchten gekommen: Schwierig zu beschaffen, zu teuer, nicht die Richtige für dich, was ist eigentlich mit Andrejs Gitarre? Er hat sie versetzt. Hat Olga nicht eine? Olga spielt Geige. Janka, ich verspreche dir, zu deinem Konzert hast du eine neue Gitarre. Pawel behauptete sogar, der berühmte B. G. sei aus Leningrad angereist und wolle ihr Konzert besuchen. Andrej hielt nichts von B. G., nannte ihn käuflich und einen Verräter wegen seiner Freundin aus dem Westen, die angeblich seine Aufnahmen nach Amerika schmuggelte und die ihm von dort eine rote Stratocaster mitgebracht habe. Mit der dürfe er nun im Leningrader Rockklub auftreten – unter den Augen des KGB, aber vor Publikum und auf einer richtigen Bühne. Aber wahrscheinlich war das alles erlogen.

Andrej hatte ihr auch von einer Sängerin namens Djagilewa erzählt, die mache nur für sich selbst Musik, der sei es egal, ob man ihre Lieder mochte oder nicht. Aber diese Djagilewa war wahrscheinlich eine Auserwählte, die unerschrocken und mit brennender Seele durch das Land streifte, sich verhaften ließ, gefährliche Liebesabenteuer mit ebensolchen Auserwählten hatte. Auch Jankas Seele sollte brennen, sie wollte brennend lieben, sie wollte brennend geliebt werden. Musste sie dafür ihre Finger an der Gitarre blutig spielen wie Andrej? Musste sie wegen öffentlicher Ruhestörung von der Miliz verhaftet werden wie eine Djagilewa? Janka ging ordentlich zur Arbeit, manchmal sogar gern, denn beim Prüfen von Glühbirnen konnte sie die Welt vergessen und im Rhythmus der Maschine ihre Lieder komponieren. Bis zu ihrem einundzwanzigsten Geburtstag würde sie ein unvergessliches Lied schreiben.

Das Wasser wurde langsam kalt. Sie hörte Kroschka fröhlich plappern. Kroschka, die doch gerade erst an ihrer Brust gelegen und sie selbst in verwirrtes Erstaunen versetzt hatte, dass aus so kleinen Brüsten so viel Milch schießen konnte. Einmal war Janka nachts aufgewacht und hatte das Gefühl, dass Kroschka neben ihr nicht mehr atme, dass ihr der Atem abhandengekommen, dass ihr gemeinsames Leben schon zu Ende war, noch bevor es richtig begonnen hatte. Sie hatte sich die kleine erschöpfte Lunge vorgestellt und so laut geschrien, dass sie ihren Schrei selbst nicht vernahm. Erst als ihre Mutter und ihre Großmutter aus dem Schlaf hochschreckten und Kroschka mit ihrem dünnen Stimmchen in das Geschrei einfiel, war Janka zur

Besinnung gekommen und zurück in die Kissen gefallen. Du Gans, sie hat doch nur geschlafen.

Wenn Janka noch länger in der Wanne bliebe, würde sie es nicht schaffen, Kroschka für den Kindergarten zurechtzumachen und ein paar Minuten mit ihr zu verbringen. Eigentlich sah sie das Kind kaum noch. Manchmal schaute Kroschka sie aus großen Augen an, als wundere sie sich, als bestünde zwischen dem Kind und Janka ein Missverständnis. Entschuldigen Sie, kennen wir uns? Sind wir uns irgendwo schon einmal begegnet? Und wenn Janka Kroschka ermahnte, irgendetwas zu tun oder zu lassen, kam es ihr falsch und ungelenk vor, sie meinte sogar, einen Funken Spott im Blick des Kindes zu erkennen. Ob es diesen Spott wirklich gab, wusste sie nicht. Vielleicht hatte sie einfach Angst, dass sie ihrer Tochter nichts bieten konnte. Dann kamen die Gewissensbisse, dass sie der Mutter die Sorge für das Kind überließ, dass sie schlief, wenn ihre Mutter Kroschka in den Kindergarten brachte. Maria wehrte sich nie, sagte nie nein, wagte niemals eine offensive Geste. Manchmal stellte Janka erschrocken fest, dass ihre junge Mutter begann, alt zu werden, sie entdeckte in ihrem Gesicht Züge der Großmutter, die leicht zusammengekniffenen Augen, das Zucken im Mundwinkel.

Janka stieg aus der Wanne, trocknete sich ab und wischte mit dem Handtuch den beschlagenen

Spiegel frei. Sie lachte und betrachtete die Wirkung des Lachens auf ihrem Gesicht. Leuchte, mein Stern, leuchte.

4

Maria Nikolajewna klappte ihr Bett hoch und fixierte es mit einem Faustschlag, schob den Paravent in die Sichtachse zwischen Tür und Kleiderschrank, zog Morgenrock und Nachthemd aus und kleidete sich an. Die Pantoffeln, die der Bequemlichkeit halber an den Seiten aufgeschlitzt waren, schleuderte sie von sich, und da lagen sie nun und waren das ganze Elend. Maria legte sich auf Jankas Bett, zog den Vorhang zu und starrte an die Zimmerdecke. Ihr blieb noch ein Augenblick, ehe sie das Haus verlassen musste, sie hatte ein paar Minuten für sich allein.

Aus der Küche hörte sie Töpfe klappern. Sie stellte sich vor, wie Warwara unter den getrockneten Pilzen rumorte, Pilze, die jeden Sommer gesammelt und unter der Küchendecke aufgehängt wurden. Sie verströmten einen muffigen, erdigen Geruch. Dann hörte sie die Schritte ihrer Mutter auf dem Flur in Richtung Toilette. Gleich würde sie mit einem Seufzer die Tür öffnen, würde schimpfen, dass das Schloss immer noch nicht repariert war, würde ihre Klobrille vom Haken an der Wand nehmen, würde sich ärgern, dass wieder irgendjemand die seine nicht aufgehängt hatte. Gedämpft klang Warwaras Selbstgespräch herüber, dann das Rauschen der Spülung.

Janka sang im Badezimmer, ihre Stimme erschien Maria immer etwas zu groß und zu voll für ihre zierliche Tochter, die nun bald einundzwanzig Jahre alt sein würde und mit stets trockenen, aufgesprungenen Lippen und zusammengezogenen Augenbrauen stoisch behauptete, nicht erwachsen zu werden. Janka hatte sich gegen alle guten Ratschläge für das Kind entschieden. Ich werde mein Kind bekommen, und ihr werdet mir helfen, hatte sie verkündet und war bei dem Entschluss geblieben. Dabei hatte sie so wenig Interesse für die Wirklichkeit, dass sie nicht einmal den Vater ihres Kindes benennen konnte. Oder wollte. Einige der jungen Männer, von denen Janka umschwärmt war, waren Maria nicht einmal unsympathisch, und sie suchte sich insgeheim ihren Lieblingsvater für Kroschka aus, mal diesen, mal jenen. Im Gegensatz zu Janka war die kleine Kroschka ein ruhiges, genügsames Mädchen. Gab man ihr dicken Grießbrei mit Butter, war sie zufrieden, setzte man sie vor den Fernseher, schaute sie ernst und stumm auf die Mattscheibe, hatte man sie bei sich in der Küche, folgte sie dem Treiben rotwangig und mit wachem Blick. Nur in den Kindergarten ging sie nicht gern.

Manchmal kam Janka betrunken von einem Konzert oder einer Feier, weckte Kroschka und heulte dem Kind in den Schoß, was für eine schlechte Mutter sie sei, dass sie bald eine eigene Wohnung haben würden – solche Sachen. Das machte Kroschka Angst, und sie bekam Ausschlag, kleine rote Pünktchen auf Armen und Beinen. Sobald Janka sich für einige Zeit beherrschte und ihr Selbstmitleid in Zaum hielt, blieben auch die roten Pünktchen weg.

Wann Janka ihre Liebe zur Musik entdeckt hatte, wusste Maria nicht, zumal das, was Janka als Musik bezeichnete, für den Rest der Welt nur Geschrei zu sein schien. So bezeichnete es ihre Mutter. So schimpfte Matwej Alexandrowitsch. So hieß es in der Beurteilung des Kulturkomitees, nachdem Janka und ihre Freunde um die Genehmigung für einen öffentlichen Auftritt ersucht hatten. Sie selbst war von Jankas Musik angetan, manchmal sogar verzaubert. Jankas Lieder waren düster und tief, und wenn sie sich auf der Gitarre selbst begleitete, erkannte Maria ihre Tochter kaum. Janka konnte mit ihren Liedern ausdrücken, wofür Maria in nächtlichen Schleifen nur stumpfe Gedanken hatte, leere Phrasen aus schlechten Filmen, nichts Eigenes.

Schlafen war sowieso zu einem Abenteuer geworden, mehrmals wachte sie nachts auf, stieg aus dem Bett und wandelte durch die Wohnung. Die

Liebermann schnarchte, bei den Kosolapijs schlug die Standuhr, der Professor war genauso still wie bei Tag, hinten im Korridor dumpfe Dunkelheit, nur bei Matwej Alexandrowitsch sah sie manchmal einen Lichtschein unter der Zimmertür, und ein paarmal war sie in Versuchung geraten, zaghaft bei ihm anzuklopfen, denn wenn sie beide schlaflos waren, könnte man sich eigentlich die Zeit gemeinsam vertreiben. Natürlich hatte sie nicht angeklopft, zu groß war ihre Sorge, dass er es falsch verstehen könnte, dass sie selbst es falsch verstehen könnte. So blieb sie allein. Und sie hatte es satt, allein zu sein. Sie wollte Wein trinken, irgendeine behaarte Brust kraulen, aber in diesem Land gab es ja kaum Männer. Egal, wohin man schaute, nur Frauen. Im Museum arbeiteten zwei Männer unter dreizehn Frauen. Das war an sich nichts Schlechtes, denn im Umgang waren ihr Frauen lieber, sie wollte nur nicht immerzu von ihnen umgeben sein und jede Nacht zwischen Mutter, Tochter und Enkelin liegen.

Der Wasserfleck an der Decke hatte die Farbe von Lehm angenommen. Zu Beginn war dieses Zimmer ein Stück Freiheit gewesen, sie war mit ihrem Boris bei seinen Eltern ausgezogen, sie hatten dieses Zimmer zugewiesen bekommen, und nicht einmal ein Jahr später war Janka da. Sie hatten eine glückliche Zeit. Für einige Jahre. Dann war ihr Vater gestorben, und ihre Mutter war bei ihnen eingezogen. Maria drehte den Kopf in Richtung Couch, wo Warwara jede Nacht wie eine Tote lag, dabei zart röchelte und im Schlaf lächelte. Geschlossene helle Lider, die Lippen leicht geöffnet.

Bist du krank, oder warum liegst du im Bett? Mit einem Ruck zog Warwara Michailowna den Vorhang auf.

Ich liege nicht im Bett, Mutter, ich liege auf dem Bett.

Du hättest deinen Hausmantel anziehen sollen. Du liegst in Straßenkleidung auf Jankas Bett.

Ja.

Bist du schwermütig?

Nein.

Eine Frau in deinem Alter sollte nicht so kurze Röcke tragen.

Der Rock ist nicht kurz, und ich bin nicht alt.

Du gehst auf die Sechzig zu.

Ich bin fünfundvierzig.

Warwara Michailowna setzte sich zu ihrer Tochter ans Bett. Recht hast du, so zu leiden, recht hast du. Gut, dass wir uns haben; gut, dass du mich hast; gut, dass wir uns nie verlassen werden, nicht wahr, wir bleiben immer zusammen? Sie wiegte sich vor und zurück und bekräftigte jeden Satz mit einem Seufzen. Dann beugte sie sich zu ihrer Tochter, nicht wahr, du wirst mich nicht verlassen. Maria

Nikolajewna seufzte zunächst ein wenig mit, setzte sich dann auf, rieb sich die Stirn, bewegte den Kopf, als wolle sie etwas abschütteln, und sagte streng, nun ist aber gut. Gut ist.

Janka betrat das Zimmer mit Kroschka auf den Schultern und einem Stapel Wäsche im Arm. Sie legte die Wäsche auf die Kommode, setzte Kroschka auf den Boden, zog ihr den Schlafanzug aus, roch daran, legte ihn gefaltet in Kroschkas Bett. Janka sah aus, als könne sie sich vor Müdigkeit kaum auf den Beinen halten. Sie zog dem Kind ein frisches Hemdchen an, eine Wollstrumpfhose, ein Wollkleid. Sie kämmte Kroschka und band weiße Tüllschleifen in die dünnen Zöpfe.

Warwara Michailowna stand auf, strich Maria beiläufig über das Haar, als wolle sie sich für irgendetwas entschuldigen, inspizierte die Wäsche, sortierte fremde Stücke auf einen zweiten Stapel. Maria wusste, dass sie sich beeilen musste, damit Kroschka nicht zu spät zum Kindergarten kam und Janka nach ihrer Nachtschicht endlich schlafen konnte. Warwara sammelte Flusen vom Teppich auf, überall sah sie Staub, Schmutz und Ungenügen. Maria atmete schwer ein und aus und bemerkte, dass ihr das Einatmen einen leichten Stich in der linken Brust versetzte. Wieder atmete sie tief ein, und das Stechen verstärkte sich. Allerdings diesmal nicht auf der linken, sondern auf der rechten Seite. Auch war es auf der rechten Seite kein richtiges Stechen mehr, eher ein Ziehen. Sie hatte gelesen, dass ein Herzinfarkt sich durch Schwindel ankündigte. Ihre Gedanken verstärkten den Herzschlag, und sie hörte auf zu atmen. Ihr Herz hämmerte, verschwand für einen Augenblick, kehrte dann zurück. Maria kniff sich in die Hand. Janka warf ihr einen strengen Blick zu. Ich werde dann mal gehen, sagte Maria und blieb sitzen. Wie war die Nachtschicht, Janka?

Wie immer. Janka räumte die Teetassen, die seit gestern herumstanden, auf das Tablett.

Ich sollte deine Nachtschichten übernehmen, ich habe sowieso wieder kein Auge zugetan.

Janka klopfte ihr Kopfkissen auf. Ich sehe eine große Dunkelheit kommen.

Warwara Michailowna nahm das Tablett mit den Teetassen. Unsere Janka spricht heute wieder in Rätseln.

Übrigens hat Kroschka die ganze Nacht gehustet.

Ich habe sie nicht husten gehört.

Weil du schläfst wie ein Stein, Mutter, unempfindsame Menschen schlafen tief und fest.

Sag, Maria, kommst du nicht zu spät zur Arbeit?

Ich habe mir heute Nacht überlegt, dass wir dieses Jahr ans Meer fahren sollten. Wir vier. Ferien.

Warwara Michailowna sah ihre Tochter mitleidig an. Du hast ja Ideen.

Janka löste das Handtuch, das sie um den Kopf

geschlungen hatte, frottierte ihr Haar, nahm den Stapel mit fremder Wäsche und ging hinaus.

5

Matwej Alexandrowitsch stand in seinem Zimmer und beobachtete zwei Schaben, ihr Spiel war von einer eigentümlichen Schönheit. Er bückte sich langsam, in seinem Schatten erstarrten die Tiere, er schlug blitzschnell zu. Bleibt schön liegen, murmelte er und setzte sich aufs Bett. Neben dem Kopfende stand ein kleiner Tisch, darauf lagen in Griffweite Schreibpapier und Stift. Matwej nahm beides und notierte: M. N. heute Morgen sanft und zugewandt. Auf Morgenrock kleiner Fleck von blassgelber Farbe über der linken Brust (Eidotter, Fett, Creme). Aufgedruckte Blüten auf Morgenrock schauen zur Erde – schon immer? Weiterhin zu klären: Warum die tieftraurigen Augen?

Er legte das Schreibzeug beiseite und wandte sich dem Regal zu. Dort verwahrte er mehr als sechzig Holzkästchen von der Größe eines Ziegelsteins, die er mit einigem handwerklichen Geschick selbst angefertigt hatte, jedes mit einem Etikett versehen und mit roter Tinte beschriftet. *Fotografien 1935–1975, Knöpfe, Zähne, Bindfaden, Insekten, Schnipsel aus Papier und Stoff, Stifte, Gum-*

mibänder, Weihrauch, Nägel, Bonbons, Vitamine, Gewürznelken, Muschelschalen, Zeitungsausschnitte, Liebe, Theaterkarten, Troilit, Bahnfahrkarten, Watte, Gedichte, Rinde, Murmeln i. versch. Größen, Kabel.

Nachdem er die Position von *Weihrauch* und *Watte* getauscht hatte, ließ er den Hausmantel von den Schultern gleiten, saß einen Augenblick in Unterwäsche da, erhob sich dann, um die Reste der Schaben aufzulesen und in das Kästchen für Insekten zu verbringen.

Matwej Alexandrowitsch war sich selbst gegenüber ehrlich und aufrichtig. Es war ihm zuwider, seine Lebensumstände zu verdammen. Er war ein vierundfünfzigjähriger Mann, der seine Gesundheit durch morgendliche Kniebeugen und den täglichen Verzehr von Haferbrei erhielt. Seinen Geist und seine Seele fühlte er der Poesie verpflichtet. Er nahm das Kästchen mit der Aufschrift *Liebe*, steckte die Nase hinein, atmete die Liebe ein und aus. Vaterlandsverrat, dachte er und stellte das Kästchen zurück an seinen Platz.

Ein entschiedenes Klopfen störte ihn in seinen Gedanken. Moment, rief er, nicht eintreten, ich werde öffnen. Matwej Alexandrowitsch zog rasch den Hausmantel über. Vor der Tür stand Janka. Die langen Haare hingen ihr feucht ins Gesicht.

Was willst du? Er schob sich in den Flur und

schloss die Zimmertür, damit sie nicht hineinblicken konnte.

Ich bringe Ihnen Ihre Wäsche. Seit Tagen hängen Ihre Unterhosen und Hemden in der Küche und versperren die Sicht.

Er roch an der Wäsche, stinkt alles nach Machorka.

Sie hätten die Wäsche abhängen sollen.

Meinst du, ich hätte nichts Besseres zu tun?

Janka ließ den Wäschestapel zu Boden fallen und verschwand im Korridor. Er hörte sie singen: Für welche Sünden frage ich mich? Wofür und wofür und wofür? Gib mir einfach eine Pepsi!

Wenig später betrat Matwej Alexandrowitsch vollständig angekleidet die Küche, um sich heißen Tee in seine Thermoskanne zu füllen.

Warwara Michailowna stand an ihrem Herd, dem letzten in der Reihe der fünf Herde. Mit seiner Nähe zu dem kleinen Wandregal besaß dieser einen entscheidenden logistischen Vorteil gegenüber Matwejs Herd, der in der Mitte stand, und den er sich zudem mit dem Professor teilen musste. Der Duft von gebratenen Eiern stieg Matwej in die Nase.

Auf dem Weg zu einem Sonntagsspaziergang, Matwej Alexandrowitsch?, fragte Warwara Michailowna.

Sonntag? Heute, am elften März des Jahres Neunzehnhundertfünfundachtzig, ist mitnichten Sonntag. Wenn nicht für Sie, Warwara Michailowna, so ist heute für alle anderen Menschen in unserem schönen Russland Montag – und ein Tag der Trauer. Aber Sie, Verehrteste, wähnen sich in der heiligen Stimmung des Sonntags, das ist interessant.

Möchten Sie vielleicht ein zweites Frühstück einnehmen, Matwej? Zur Feier des Tages? Ein Sonntagsfrühstück –

Herzlichen Dank, das würde ich gern, aber ich muss, wie Sie wissen, meinen Verpflichtungen nachgehen.

Bedauerlich. Dann werde ich mein Frühstück mit Nachbar Kosolapij teilen. Was halten Sie von gebratenen Eiern, lieber Ippolit Iwanowitsch?

Der Kosolapij stand in der Tür und nickte verkniffen, trat aber nicht ein.

Sagen Sie, verehrter Matwej Alexandrowitsch, Warwara Michailowna sprach so leise, dass er sich zu ihr beugen musste, ich nehme an, dass Sie in Kenntnis sind, was uns erwartet?

Uns? Sie meinen die Bürger unseres Landes?

Sehr richtig, die Bürger unseres Landes. Oder von mir aus auch nur unsere kleine Schicksalsgemeinschaft hier. Was erwartet uns?

Nun, es ehrt mich, und es schmeichelt mir, dass Sie bei mir ein höheres Wissen vermuten. Was wünschen Sie uns denn, Warwara Michailowna?

Warwara Michailowna sah Matwej Alexandrowitsch an und lächelte.

Ihnen jedenfalls wünsche ich einen angenehmen Tag, sagte er, wollte schon hinausgehen, hielt aber inne und sagte, Ihr neuer Tisch – er zeigte auf den Küchentisch, den Jankas Freunde kürzlich aufgetrieben hatten – Ihr Tisch ist um drei Zentimeter länger als mein Küchentisch und als der Küchentisch der Karisen.

Und nun?

Ich wollte es nur bemerkt haben.

Wir sind ja auch zu viert, meinen Sie nicht, da könnten wir auch einen größeren Tisch beanspruchen?

Einerseits ja. Aber es ist gegen die Vorschriften.

Und die Vorschriften, wer macht die Vorschriften?

Das muss ich Ihnen nicht sagen.

Was wollen Sie tun?

Sägen, Verehrteste, da hilft nur sägen.

Mit diesen Worten verabschiedete sich Matwej Alexandrowitsch. Er setzte seine Fellmütze auf, die er je nach Witterung bis zum ersten oder bis zum neunten Mai zu tragen pflegte. Vielleicht hätte er hinsichtlich der Tischgröße nachsichtig sein müssen, oder er hätte einfach in einer unruhigen Nacht die drei Zentimeter absägen sollen, und es wäre niemandem aufgefallen.

Im Treppenhaus hielt er den Atem an. Wie elegant musste es einst gewesen sein – mit einem Läufer auf den breiten Stufen, mit hell gestrichenen Wänden und einem majestätischen Leuchter im Erdgeschoss. Aber jetzt – vor allen Türen lagerten keimende Kartoffeln und Wintergemüse unter einer nervös flackernden Lampe, die alle Tage ausfiel. Auf Zehenspitzen stieg Matwej die schmierige Treppe hinab. Er hatte alles richtig gemacht. Es war seine Pflicht gewesen, Warwara Michailowna darauf hinzuweisen, dass der Tisch zu groß war. Oft genug drückte er ein Auge zu. Niemals fragte er, wie Maria Nikolajewna es schaffte, aus heiterem Himmel Pfirsiche aufzutreiben, und so kam auch er dann und wann in den Genuss eines Pfirsichs, das musste er zugeben.

Als er auf die Straße trat, ging die Sonne über dem Erholungspark auf. Bitterkalte Luft schlug ihm entgegen. Seit Tagen warteten alle auf den Frühling, waren nervös und litten mehr oder weniger unter Schweißausbrüchen und schnell klopfenden Herzen. Alle waren auf der Suche nach Vereinigung. Haut an Haut, Mensch an Bus, Bus an Baum. An solch dramatisch sonnigen Tagen ging er nur ungern vor die Tür.

Hinter dem Erholungspark erhob sich die Fabrik, in der die hervorragenden Glühbirnen hergestellt wurden. Matwej Alexandrowitsch machte einen Schritt und blieb wieder stehen, betrachtete voller Ehrfurcht die Schlote, aus denen zum Zeichen der Produktionskraft Rauchschwaden quollen, umkränzt von den gelb und orange leuchtenden Strahlen der Morgensonne. Mit dem nächsten Schritt setzte er den Fuß auf eine marmorne Stufe, die just aus dem Boden wuchs, beugte sich vor, richtete seine Brille und las das herrliche Wort *Kapital*.

Matwej Alexandrowitsch arbeitete in einer streng geheimen Einrichtung, die allen unter dem Namen *Institut Strugazki* bekannt war. Dort beaufsichtigte er als verantwortlicher Assistent des leitenden Ingenieurs Komarow eine große Zentrifuge, in der an Versuchspersonen die Auswirkung eines Vielfachen der Erdanziehungskraft auf den menschlichen Organismus untersucht wurde.

Matwej Alexandrowitsch war zwei Minuten zu früh, und er bemerkte, dass seine Tasche zu leicht war. Er hatte den Tee vergessen.

Der Zugang zur Einrichtung war streng gesichert. Matwej Alexandrowitsch musste sich zunächst an der Pforte ausweisen und dann vorbei an zwei Wachsoldaten, deren morgendlicher Laune es oblag, wie lange er warten musste. Dann durchschritt er den Hof bis zu einem eisernen Tor. An der Konsole in der Wand neben dem Tor war eine Zahlenkombination einzugeben, das Tor entriegelte mit einem elektromechanischen Surren. Matwej Alexandrowitsch durchquerte dann einen Raum, dessen Fußboden kleine Dünen bedeckten, und sobald er stolpernd und mit Sand in den Schuhen die andere Seite erreichte, hatte er mit seiner Unterschrift seine Anwesenheit zu beglaubigen. Der Diensthabende tippte sich an die Mütze. Matwej Alexandrowitsch nickte und steckte den Füllfederhalter zurück in die Brusttasche.

Wie ein einarmiger Krake ruhte die Humanzentrifuge am Boden der großen Halle, wartete, und heute schien es Matwej Alexandrowitsch, als lauere sie. Die Experimente, die er hier beaufsichtigte, waren nicht ohne Risiko, denn sowohl die Technik als auch die biologische Funktionsweise des Menschen waren voller Tücken und bargen kaum vorhersehbare Effekte.

Matwej Alexandrowitsch erklomm die metallene Treppe zu einer Galerie, die auf halber Höhe rings um die Halle führte, von dort gelangte er durch die Tür 3a in das Zimmer von Sinaida Petrowna und von dort durch die Tür 3b in sein Büro.

Der erste Versuch war für elf Uhr angesetzt, aber bis dahin waren eine Menge Vorbereitungen und Schreibarbeiten zu erledigen. Bei dieser Arbeit anfallende Radiergummikrümel sammelte Matwej Alexandrowitsch in einer Streichholzschachtel, die er in der Schublade seines Schreibtisches verwahrte. Er zog die Akten der heutigen Probanden heran. Einige waren Studenten, viele von ihnen Anwärter technischer Berufe, denen man ein eigenes Interesse an der sowjetischen Eroberung des Kosmos unterstellen durfte. Andere waren einfache Leute, Arbeiter und Bauern, die – so vermutete Matwej – sich vornehmlich wegen der nicht geringen Aufwands- und Risikoentschädigung zur Verfügung stellten.

Der erste Proband kam nicht. Vielleicht war er abkommandiert, oder er verspätete sich einfach, eine Nachlässigkeit, die aus Gründen der Geheimhaltung leider meist keine disziplinarischen Konsequenzen nach sich zog.

Auch der zweite Proband kam nicht, an so viel Pflichtvergessenheit konnte sich Matwej Alexandrowitsch gar nicht erinnern. Er fühlte sich zur Muße verdammt und unternahm einen Rundgang durch das Nebenzimmer, wo die grazile Sinaida Petrowna unter dem Lenin-Porträt saß und sich die Nägel lackierte. Es stinkt, lassen Sie es bleiben, fuhr er sie an. Sinaida Petrowna hob verächtlich die Brauen und pustete mit aufreizendem Blick den Lack trocken.

Matwej Alexandrowitsch kehrte zurück in sein Büro. Das Fenster ging zur großen Halle. Er zog die

Jalousie hoch, ließ sie rasselnd wieder fallen und wandte sich seinem Schreibtisch zu.

Sagen Sie Sinaida Petrowna, haben Sie die Akten der Probanden genommen?, rief er nach nebenan. Ich hatte sie eben auf meinen Schreibtisch gelegt, aber da liegen sie nicht mehr.

Welche Akten?

Die Biographien, die Gesundheitszeugnisse, Einverständniserklärungen.

Ich habe keine Akten.

Matwej Alexandrowitsch sah auf die Uhr, setzte sich wieder. Noch eine ganze Stunde, bis der dritte Proband erscheinen sollte. Er stützte den Kopf in die Hände und starrte an die Wand mit den Kontrollleuchten. Es schien alles in Ordnung. Nur der kleine Leuchtkasten über der Tür blinkte rot, играем. Matwej Alexandrowitsch hob den Hörer ab und wählte die Nummer des Technikers, um eine erneute Justierung der Anlage zu veranlassen. Im Kosmos können wir alles, auf der Erde können wir nichts, seufzte er. Sinaida Petrowna rief mit ihrer durchdringenden Stimme: Ich habe die Akten gefunden, seltsam, sie lagen plötzlich unter meinem Schreibtisch. Ihre Stimme wurde immer leiser, bis nur noch ein langgezogener Ton zu hören war, etwa bei vierhundertvierzig Hertz.

6

An seinen freien Tagen, besonders wenn seine Frau Ljubow Maximowna irgendwo auf der Bahnstrecke zwischen Wladiwostok und Moskau unterwegs war, wusste Ippolit Iwanowitsch Kosolapij nicht viel mit sich anzufangen. Er schlug ein Buch auf, aber da er nicht gerne las, klappte er es bald wieder zu. Er setzte sich in den Sessel, schlug die Beine übereinander, legte die Hände auf die Armlehnen. Der Bezug aus Velours kitzelte unangenehm. Eine tiefe Sehnsucht nach dem Schoß einer Frau erfasste ihn, nach dem herben Geruch von Humus und Muschel.

Ippolit stand auf und trat auf den Korridor. Aus der Küche hörte er, dass Warwara Michailowna noch mit dem Abwasch beschäftigt war. Vielleicht sollte er beim alten Professor anklopfen, allerdings nahm er sich das schon lange vor, und warum sollte der Professor gerade heute Muße haben, mit ihm zu plaudern. Er ging zurück ins Zimmer und legte sich aufs Bett. Das Bett war sehr weich. Ippolit sank etwas ein. Er legte sich ein Kissen aufs Gesicht. Er lockerte die Krawatte, um besser Luft zu bekommen. Die Standuhr schlug neunmal.

Ippolit war Schlafwagenschaffner wie seine Frau. Irgendwo zwischen Walentinowka und Senkowo hatten sie sich kennengelernt. Ich heiße Ljubow Maximowna und in meinem Zimmer, das ich in einer Kommunalwohnung gemietet habe, gibt es noch Platz, Kinder will ich keine, was meinen Sie? Bis heute versetzte ihn ihre Kühnheit in Erstaunen, und oft saßen sie beisammen und lachten darüber.

Ljubow und er waren viel unterwegs, eine Woche nach Osten, eine Woche nach Westen, oft verpassten sie sich, er fuhr nach Moskau, sie nach Wladiwostok. Wenn Ippolit nicht gerade Dienst hatte, war ihm das Herumliegen eine liebe Gewohnheit, heute jedoch stach ihn der Hafer. Er stand wieder auf, nahm vom Nachttisch seiner Frau einen Cremetiegel, stellte sich vor den Spiegel und rieb sich mit der gelblichen Paste Hände und Unterarme ein. Er stellte fest, dass er sich rasieren sollte. Mit seinem elektrischen Rasierapparat fuhr er ausdauernd über Kinn und Wangen, dann griff er noch einmal in den Tiegel und klopfte mit den Fingerspitzen sein Gesicht ab, um die Durchblutung der Haut anzuregen, besonders unter den Augen, wo seine Tränensäcke ihm den Blick in den Spiegel vergällten. Die Creme roch pudrig. Ippolit bevorzugte blumige Düfte. Die Natur hatte ihm keine bemerkenswerten Züge verliehen, und doch hielt er sich nach wie vor für einen schönen Mann. Wenn er das Kinn hob und seine

Unterlippe leicht nach vorne schob, sah er aus wie der Schauspieler Lembit Peterson aus dem Film *Hotel zum verunglückten Alpinisten*.

7

Die Kinder saßen im Kreis und klatschten zu einem Abzählreim, die Kindergärtnerin Raissa Sergejewna gab den Rhythmus vor, eins, zwei, eins, zwei. Maria Nikolajewna stand mit Kroschka in der Tür, und das Kind weinte.

Die Kindergärtnerin ließ die Hände sinken, die Kinder klatschten noch ein paar Takte weiter. Sie sind zehn Minuten zu spät, und es ist nicht das erste Mal. Ich habe schon Ihre Tochter verwarnt, und hiermit verwarne ich auch Sie. Es gibt viele Kinder, die sich über den Platz Ihrer Enkelin in dieser Einrichtung freuen würden, und es gibt viele Mütter, die der erzieherischen Pflichterfüllung ihrer Genossinnen gebührenden Respekt zollen. Das ist das eine. Das zweite: Das Kind hatte gestern nur einen Handschuh dabei.

Vielen Dank für den Hinweis, Raissa Sergejewna, vielen Dank. Es wird nicht mehr vorkommen, nicht wahr, Kroschka, wir werden in Zukunft pünktlich sein.

Mit Erhalt der Strumpfhose, die Maria Nikolajewna mitgebracht hatte, hellte sich Raissa Sergejewnas Stimmung auf, und sie versprach – falls ein zweites Paar übrig sei, es müsse auch nicht gleich morgen sein –, besonders gut auf Kroschka aufzupassen. Und natürlich könne es vorkommen, dass man sich verspäte, dafür habe sie Verständnis. Damit zog sie die Tür zu, und Kroschkas Brüllen war nur noch gedämpft zu hören. Maria Nikolajewna trat auf die Straße und zündete sich eine Zigarette an. Man schlägt das Kind dort nicht, beruhigte sie sich selbst, es bekommt ein warmes Essen und genug frische Luft.

Wie vulgär, auf der Straße zu rauchen, Bürgerin. Ein Milizionär hatte sich vor ihr aufgebaut.

Scher dich zum Teufel, siehst du denn nicht, wie ich leide bei der Vorstellung, dass man das Kind in einer Stunde zum kollektiven Scheißen zwingen wird? Gönnst du mir nicht die Zigarette, die mich ein wenig benebelt? Stattdessen sagte Maria Nikolajewna: Sicher, Genosse Milizionär, ich habe mich selbst vergessen.

Im Museum für Natur- und Völkerkunde legte Maria Nikolajewna ihr Buch auf die Fensterbank, nahm auf ihrem Stuhl Platz und betrachtete das chinesische Ritualgefäß aus der Shang-Dynastie in der Vitrine neben der Tür. Es war mit zarten Vögeln bemalt, und Maria gab sich der allmorgendlichen

Vorstellung hin, welche Rolle ein so feines Gefäß bei ihrem eigenen Begräbnis spielen könnte.

Ihr Gesicht, im Glas der Vitrine gespiegelt und überblendet von den Konturen des Gefäßes, kam ihr fremd vor, das Bild von sich selbst deckte sich nicht mit dem leicht verzerrten, blassen Antlitz, das ihr fragend entgegenblickte. Es zerfiel in immer neue Teile, als könnte es sich niemals zu einem Ganzen fügen, als wäre es nie ein Ganzes gewesen.

Sie schlug die Beine übereinander und schlenkerte. Die linke Fußspitze beschrieb die Hälfte einer Ellipse, deren Scheitelpunkt haarscharf vor dem Glas des Thermohygrographen lag. Einmal war sie bei diesem Spiel zu weit gegangen, und sie hatte der Apparatur einen Stoß versetzt, wobei deren delikates Innenleben gehörig durcheinandergeraten war. Maria rückte ihren Stuhl noch ein paar Zentimeter in Richtung Messgerät. Dahinter lag ein Stück Papier. Sie beugte sich vor und erkannte die grobe Zeichnung einer Frau, die mit einem gehörnten Tier kopulierte.

Maria sah auf die Uhr. In der kommenden Stunde war kaum mit Besuchern zu rechnen.

Ich gehe kurz nach unten, Xenja Iwanowna, rief sie laut, aber statt einer Antwort hallte nur das Echo ihrer eigenen Stimme durch die Säle.

In der Teeküche fand sie die Kollegin Tatjana Olegowna mit dem Kollegen Igor Igorewitsch in einer ernst zu nehmenden Umarmung vor.

Guten Morgen, Kollegen, sagte Maria Nikolajewna, füllte Wasser in den Teekessel, stellte drei Tassen bereit, ließ jeweils einige Würfel Zucker hineinfallen und schaltete das Radio aus. Ich mag Trauermärsche, beschwerte sich Tatjana Olegowna und ordnete ihre Frisur, während der Kollege Igor Igorewitsch an den Knöpfen seines Oberhemdes nestelte und etwas von einem Kuchen murmelte, ein Kuchen, den er für den gemeinsamen Verzehr mitgebracht habe, der Tee sei doch so trocken ohne Kuchen, nun aber wisse er nicht mehr, wo er den Kuchen gelassen habe, daher habe er das Archiv im Keller des Museums verlassen, um in der Teeküche nachzusehen, ob er den Kuchen nicht auf dem Weg zu seinem Arbeitsplatz eben hier deponiert habe, ganz in Gedanken sei er gewesen –.

Maria legte wortlos die Zeichnung auf den Tisch.

Seit der Direktor Konstantin Kowaljow den Verstand verloren hatte, stand der Museumsbetrieb beinahe still. Zunächst war niemandem aufgefallen, dass die Wechselausstellung nicht mehr wechselte, dass die Anordnungen zur allgemeinen Bestandspflege und zu den Schulführungen ausblieben. Eines Tages war es dann Igor Igorewitsch, der den Direktor dabei beobachtete, wie dieser kurz nach Betriebsschluss selbst gefertigte Zeichnungen im Museum verteilte. Allen durch die Belegschaft sichergestellten Stücken waren die obszönen Motive gemein, oft Frauen, die mit Ziegen oder Stieren verkehrten, nicht ohne Schwung aufs Papier geworfen. Bisher hatte niemand den Mut aufgebracht, den Direktor auf dieses eigentümliche Verhalten anzusprechen, was auch daran liegen mochte, dass das Ganze durchaus angenehme Seiten hatte, denn alle konnten mehr oder weniger tun, was sie wollten. Bei der letzten Betriebsversammlung, die nun schon mehr als ein Jahr zurücklag, hatte Maria Nikolajewna für frischen Geist im Museum plädiert, und man hatte sie im Gegenzug gefragt, was also man denn tun solle? Darauf hatte sie keine zufriedenstellende Antwort gehabt, also war alles beim Alten geblieben.

Tatjana Olegowna widmete der neuen Zeichnung auf dem Tisch nur einen Seitenblick und fragte Igor Igorewitsch mit hochgezogenen Brauen: Du hast den Kuchen verlegt?

Ja. Nein. Ich weiß nicht. Es ist so ein trauriger Tag.

Vielleicht haben Sie den Kuchen in den Kühlschrank gestellt, verehrter Kollege, sagte Maria Nikolajewna.

In den Kühlschrank. Natürlich. Wo ist der Kühlschrank?

Der Kühlschrank ist dort, wo er immer ist.

Im Kühlschrank ist er nicht, ließ sich Igor Igorewitsch dumpf vernehmen.

Dann ist der Kuchen eben weg.

Ja. der Kuchen ist weg, pflichtete Igor Igorewitsch Tatjana Olegowna bei. Dankbar lächelte er in ihre Richtung.

Aber liebe Kollegen, beharrte Maria Nikolajewna, ein Kuchen kann doch nicht einfach verschwinden.

Ich schaue noch einmal im Archiv nach, sagte Igor Igorowitsch und war aus der Tür.

Die Einberufung einer neuen Betriebsversammlung erschien Maria dringender denn je. Ja, jetzt, da sie darüber nachdachte, nahm sie sich fest vor, alle zusammenzutrommeln und den Direktor zur Rede zu stellen, die Verbreitung irritierender Zeichnungen zu unterbinden, vielleicht sogar über die Neubesetzung des Direktionspostens nachzudenken. Geeignet wären einige. Sogar sie selbst. Der Gedanke verursachte ihr ein wohltuendes Kribbeln in der Magengegend. Sie würde hinter dem riesigen antiken Schreibtisch sitzen und Besuch empfangen. Immer, wenn jemand an die lederbespannte Bürotür klopfte, nähme sie einen Schluck Tee aus einer chinesischen Porzellantasse, würde dann mit leiser Stimme sagen: Ja bitte. Wenn die Person vorsichtig eingetreten wäre, würde sie geschäftig bedeutsame Schriftstücke auf dem Schreibtisch hin und her schieben, würde dann, ohne aufzublicken, sagen: Was kann ich für Sie tun?

Gerade als Maria Nikolajewna Tatjana Olegowna in ihre Gedanken zur Betriebsversammlung einweihen wollte, erschien Direktor Konstantin Kowaljow in der Tür, nickte in die Runde und verkündete: Liebe Kolleginnen, ich habe mir etwas überlegt. Wir werden sowohl die Meteoritensammlung als auch den Bestand an Trocken- und Mikropräparaten der Wirbellosen neu sortieren. Die Sammlung ist zwar systematisch aufgestellt, doch Kelchwürmer und Nesseltiere kommen kaum vor. Konstantin Kowaljow machte eine Pause, trat zum Tisch, griff nach der Zeichnung und stopfte sie in die Jacketttasche. Sie, er zeigte auf Maria, betraue ich mit der Organisation, Sie sind ein verdientes Mitglied des Kollektivs, wie war noch mal Ihr Name?

Maria Nikolajewna. Mein Name.

Sehr richtig, sehr gut. Ich möchte Ihnen heute frei geben, verehrte Maria Nikolajewna. Jetzt wandte er sich an die Kollegin Tatjana Olegowna: Und Ihnen auch, Ihnen gebe ich auch frei. Sie wissen, was passiert ist?

Was meinen Sie?, fragte Tatjana Olegowna und ließ eine prall gefüllte Tüte unter dem Tisch verschwinden. Im Radio spielen sie den Trauermarsch –, wissen Sie schon mehr als wir?

Der Direktor senkte die Stimme: Ich habe ihn gekannt.

Sie kannten ihn persönlich?

Genau. Man kann sagen, wir waren Freunde.

Ich verstehe. Umso schlimmer.

Unten ist er auch nicht, ließ sich Igor Igorewitsch beim Eintreten vernehmen.

Ihnen gebe ich auch frei, Kollege, verkündete der Direktor und fuhr fort: Wir haben vor vielen Jahren einen Abend zusammen verbracht. Auf der Krim. Es muss im Juni Neunzehnhundertdreiundsiebzig gewesen sein. Was für ein Abend. Was für ein Ort. Wer immer geschlagen ist an die kalten Steine dieser grauen Stadt am Ende der Welt, vergisst leicht, dass es Orte wie die Krim gibt.

Sprechen Sie nicht so schlecht über unsere Stadt, lieber Genosse Direktor, sagte Maria.

Sind Sie denn schon auf der Krim gewesen?

Nein. Ich muss gestehen, dass mich meine weiteste Reise zum Westufer des Baikalsees führte, ins Irkutsker Gebiet.

Der Direktor nahm ein Stück Würfelzucker und saugte daran. Wissen Sie, der Tod geht mir sehr nah.

Aber für den Schwerkranken ist der Tod doch Erlösung von seinen Leiden, wandte Tatjana Olegowna ein.

Das ist es, was man uns glauben lässt, sagte Konstantin Kowaljow und wischte Zuckerkrümel von seiner Hose. Er winkte das Kollegium näher heran. Sie wissen, wer der Vater des Minotaurus ist?

Ein Stier, soweit mein Wissen reicht, flüsterte Maria Nikolajewna, und Tatjana Olegowna nickte.

Genau.

Ich verstehe nicht.

Dann denken Sie nach. Der Direktor verabschiedete sich mit einem siegessicheren Lächeln.

Tatjana räumte Tassen und Zucker vom Tisch, zog die Tüte hervor, präsentierte zwei Jeans und eine kanariengelbe Bluse und verkündete: Alles Importware! Igor Igorewitsch trat diskret den Rückzug an, damit Maria die Bluse anprobieren konnte. Und den Kuchen hat Ihre Frau gebacken, lieber Igor Igorewitsch?

Lass ihn in Ruhe mit dem Kuchen, zischte Tatjana. Die Bluse steht dir, deine Farbe, willst du sie haben?

Wie viel?

Zwanzig Rubel.

So viel habe ich jetzt nicht.

Dann gib mir das Geld, wenn du es hast. Und nun? Gehen wir nach Hause?

Maria Nikolajewna überlegte nicht lange, ganz in ihrer neuen Führungsrolle sagte sie: Wo denken Sie hin, Tatjana Olegowna? Es muss doch weitergehen! Alle auf die Plätze.

Seit einiger Zeit war Maria Nikolajewna der Gesellschaft des ausgestopften Mammuts im Parterre überdrüssig, und zunehmend hielt sie sich im Saal mit den Lemmingen auf. Unter den natur- und völkerkundlichen Exponaten in den Vitrinen befand sich hier neben den kunsthandwerklichen Artefakten auch ein frisch präparierter Elch, der sich im Vergleich zu dem mottenzerfressenen Mammut recht lebendig ausnahm.

Maria rückte ihren Stuhl zurecht, mehrmals am Tag wechselte sie die Position, um sich durch den Wechsel der Perspektive allen Objekten widmen zu können. Zu manchen entwickelte sie schnell eine Beziehung, von anderen fühlte Maria sich geradezu abgestoßen, was sie nicht davon abhielt, auch diese zum Gegenstand ausgiebiger Kontemplation zu machen.

Stundenlang konnte sie sich mit einer mutmaßlich vorsintflutlichen Speerspitze beschäftigen oder mit einem steinernen Faustkeil, aber der Elch gefiel ihr besonders. Stolz und unbekümmert stand er in einem Diorama vor einem gemalten Stück Taiga und sah sie an. Zu seinen Füßen tummelte sich eine Familie von kunstvoll präparierten Lemmingen, und ein sandiger Wirbelwind kreiselte durch den Hintergrund.

Als Janka neun Jahre alt war, hatte ihr Vater Boris die folgenreiche Idee, für drei Monate in die sibirischen Wälder zu fahren, um bei der Holzverarbeitung einige zusätzliche Rubel zu verdienen.

Gegen Ende des Sommers schrieb Boris, er habe Arbeit bei einer Rentierzucht gefunden und werde dort auch den Winter verbringen. Im folgenden Frühjahr schrieb er, er habe solchen Gefallen am nomadischen Leben der Ewenken gefunden, dass er sich ihnen angeschlossen habe. Er habe erkannt, dass er für das Leben in der Stadt nicht geschaffen sei und unter dem Mangel an Freiheit dortselbst elend zugrunde ginge, sollte er zurückkehren müssen. Ich verstehe, hatte sie ihm zurückgeschrieben, aber was soll ich deiner Tochter sagen? Eine Antwort war nicht gekommen. An Tagen wie diesem tauchte Boris manchmal am Horizont des Dioramas auf, und Maria zielte mit dem Zeigefinger auf ihn, verfehlte ihn aber immer. Am meisten nahm sie ihm übel, dass er Jankas Briefe nie beantwortet hatte. Woche um Woche schrieb Janka ihm, legte kleine Zeichnungen bei, erzählte von der Schule, von ihren Freunden, dichtete. Nicht ein einziges Mal hatte er geantwortet.

8

Es war viel zu kalt im Zimmer. Wenn Janka von der Nachtschicht kam, riss sie zu jeder Jahreszeit das Fenster weit auf, als müsse sie sonst ersticken. Schmutz, der von der Straße hereinwehte, und regelmäßige Erkältungen waren die Folge. Warwara Michailowna nahm den Lappen vom Heizkörper und wischte über die Kommode, über den Schirm der Stehlampe, dann reinigte sie die kleinen Keramikfiguren in der Vitrine, eine nach der anderen, Keramik aus Gschel. Als bestünde Gefahr, einander im gemeinsamen Zimmer zu vergessen, standen gerahmte Fotografien auf jedem Nachttisch. Warwara Michailowna hatte eine Fotografie ihrer Enkelin und ein Bild ihrer Tochter als junges Mädchen. Maria hatte auf ihrem Nachttisch ein Foto von Warwara mit der kleinen Janka an der Hand im Wald, und sogar Janka hatte ein Bild, auf dem alle vier kurz nach Kroschkas Geburt zu sehen waren, der Säugling umsorgt in der Mitte.

Warwara hob einen Zettel auf, Janka hatte eine liederliche Handschrift. Sie knüllte das Papier zusammen und steckte es ein, musste daran denken, dass Janka als kleines Mädchen abends nicht einschlafen wollte, weil sie Angst hatte, etwas zu verpassen. Sie saß im Bett und sang oder plapperte bis tief in die Nacht und hielt alle vom Schlafen ab. Für Warwara waren das Zeichen von Sturheit, Maria jedoch sah darin Jankas freien Geist und Vorboten ihrer Genialität. Allabendlich saß sie entzückt an Jankas Bett und hörte sich ihre Verrücktheiten an.

Gibst du mir die Notizen für mein neues Lied zurück?

Warwara zuckte zusammen und fuhr herum. Hast du mich erschreckt, Janka! Ich dachte, du schläfst. Warwara reichte ihr den zerknüllten Zettel.

Du hast mich geweckt.

Warwara Michailowna öffnete den Kleiderschrank und betrachtete die Garderobe ihrer Tochter. Sie fragte sich, wie Maria es wohl schaffte, jeden zweiten Monat ein neues Stück zu ergattern.

Janka wühlte sich aus dem Bett, stand auf und umarmte ihre Großmutter.

Zieh dir etwas an, es ist kalt. Warwara nahm das schwarze Kleid, strich über die Spitze an den Ärmeln, hängte es zurück und legte die weinrote Bluse heraus.

Wie sehe ich aus? Janka warf ihr Haar kokett zurück, drückte den Rücken durch wie eine Tänzerin.

Du bist sehr schön. Aber nackt.

Ihr seid alle verkrampft.

Nein, nur anständig.

Das ist Mutters Bluse. Sie mag es nicht, wenn du ihre Sachen trägst.

Warwara hängte die Bluse zurück. Warum bist du schon aufgestanden? Willst du nicht noch ein wenig schlafen?

Ich hatte einen Albtraum. Jemand hat mich mit einem Putzlappen angegriffen.

Ich muss zur Arbeit, gleich hast du wieder Ruhe. Warwara legte ihren Morgenmantel über den Sessel.

Ich kann sowieso nicht schlafen, vor meinem Konzert bin ich viel zu aufgeregt.

Du musst doch nicht nervös sein, du hast eine anständige Arbeit und eine kleine Tochter. Hilfst du mir mit dem Büstenhalter?

Wann stellen wir endlich einen Antrag auf eine eigene Wohnung?

Deine Mutter hat es versucht, und du weißt das. Außerdem – haben wir etwa Anspruch auf eine eigene Wohnung? Gibt es irgendwelche nennenswerten Verdienste? Und wir haben es doch gut hier.

Vielleicht hast du es gut, weil du eine alte Frau bist, die mit der Sehnsucht abgeschlossen hat. Aber deine Tochter ist noch jung, sie könnte glatt noch einmal heiraten.

Wer soll eine Fünfzigjährige heiraten wollen?

Sie ist fünfundvierzig. Ich glaube, du willst nicht, dass sie glücklich ist.

Was du dir für Gemeinheiten über deine Großmutter ausdenkst. Ich wünsche mir nichts sehnlicher, als deine Mutter endlich glücklich zu sehen.

Warum sprichst du dann so über sie?

Wie spreche ich denn über sie?

Voller Verachtung.

Ich habe Mitleid. Kennt ihr das noch, deine Freunde und du? Wisst ihr, was es heißt, Mitleid zu haben? Warwara knöpfte ihre Kostümjacke zu.

Mitleid macht den Menschen schwach, den man bemitleidet.

So ein Blödsinn, Janka.

Wir könnten in der Mitte des Zimmers eine Mauer errichten, wir stapeln Backsteine und verkleiden sie mit Holz. Holzwände sind sehr gemütlich. Jeder Bürger der Sowjetunion hat Anspruch auf neun Quadratmeter, davon bin ich weit entfernt.

Und wer bekommt welches Zimmer?, fragte Warwara.

Ich bekomme das eine und Mutter und du und Kroschka bekommen das andere, und ich hätte endlich ein wenig Privatsphäre.

Ich dachte, du würdest dich vor allem um die Privatsphäre deiner Mutter sorgen. Hättest du damals wie ein normaler Mensch den Vater deines Kindes geheiratet, würdest du jetzt in einer eigenen Wohnung leben.

Geht das schon wieder los? Wenn du willst, ziehen wir aus, Kroschka und ich.

Und wo willst du hin? Jetzt zieh dir endlich etwas an, mein Herz, du bist doch keine Wilde. Ich muss jetzt los.

Warte. Glaubst du, es wird immer so weitergehen?

Ja.

Das nimmst du hin?

Ja.

Heute ist mein Konzert.

Aber das weiß ich doch. Du wirst schön singen.

Ich glaube, du verstehst nicht.

Doch, ich verstehe dich sehr gut. Du bist jung, dir kann nichts passieren.

9

Janka hörte, wie die Wohnungstür ins Schloss fiel. Sie nahm eine Aufnahme von Alexander Baschlatschow, die Andrej irgendwo aufgetrieben hatte, legte das Band ein, schloss die Augen. Sie sah sich in der Mitte einer großen, leeren, schwach beleuchteten Bühne auf einem Hocker sitzen und zu ihren Füßen, mit ihr atmend, das Publikum. Sie schlägt die Saiten an, weich und rund dringt der Klang aus der Verstärkeranlage, ihre Stimme füllt den Saal. Dann der letzte Akkord, ein Vierklang mit einer aufreizenden großen Septime. Niemals werde ich zur Ruhe kommen, niemals sollt ihr zur Ruhe kommen. Das Publikum jubelt, Janka schwitzt, sie ist glücklich, verbeugt sich, flüstert, ich brauche eine Pause, Leute, nur ganz kurz. Sie legt die Gitarre ab, winkt dem Tontechniker zu, der vielleicht Schura heißt, gibt ihm ein Zeichen, sie braucht einen Schluck Wasser. Schura begreift sofort, bringt ihr die Flasche mit lauwarmem Wasser, so wie sie es mag, nicht zu kalt. Ein Lied noch, Leute, dann ist Schluss. Sie wischt sich den Schweiß von der Stirn, nimmt die Gitarre, atmet durch, will anfangen zu singen, hält aber inne, schaut ins Publikum, sucht das vertraute Gesicht, das letzte Lied ist für dich.

Im Korridor surrte es, es war ein Surren wie in einem Hummelnest. Da waren ein Pochen und ein knirschendes Mahlen, als drehe jemand Bleistifte durch einen Fleischwolf. Dann wieder ein Knistern und Zischeln. Janka öffnete einen Spaltbreit die Tür und erschrak, weil Gagarin mit einem Satz ins Zimmer sprang und sich an ihren Beinen rieb. Was gibt es da zu schnurren, du Monster? Der Kater wandte sich beleidigt ab und schlüpfte wieder hinaus. Janka trat in den Korridor. Gagarin war im dunklen Ende verschwunden, dorthin, wo die Karisen wohnten. Matwej Alexandrowitsch hatte einmal behauptet, er sei vor Jahren dort gewesen. Ein Ort, an dem die Sonne nicht scheint, hatte er verkündet und dann beharrlich geschwiegen.

Sie machte ein paar Schritte und horchte. Die Geräusche schienen aus dem Zimmer des Professors zu kommen. Sachte klopfte sie an seine Tür. Es kam keine Antwort. Sie klopfte noch einmal, wieder keine Antwort. Janka legte die Hand auf die Klinke, zögerte, dann drückte sie die Tür auf.

Der Professor war nicht da.

Mitten im Raum standen zwei Stühle, die Sitzflächen einander zugewandt. Auf den Stühlen lag ein Brett, das offenbar als Trittstufe benutzt worden war, um auf einen Sitz zu gelangen, der an elastischen Bändern und Spiralfedern von der Decke hing. Ein Katapult. Ein Schleudersitz, der ganz leicht auf und ab schwang. Genau über dem Sitz klaffte oben in der Zimmerdecke ein Loch.

Das Zimmer war sehr klein, maß vielleicht zwei mal drei Meter und war fensterlos. An der Rückwand stand eine schmale Pritsche, mehr Liege als Bett, davor ein paar ausgetretene Schuhe. Die Wände waren über und über mit Plakaten und Postkarten beklebt, Botschaften der Partei, ein Bild des Roten Platzes bei Nacht, bevölkert von Menschenmassen, die rote Fahnen trugen. Auf dem Fußboden lag ein umgestürzter Krug aus Steingut inmitten von Staub und Schutt.

Die leichte Schwingung in der Konstruktion war vielleicht die Nachwirkung einer kürzlichen Kontraktion der Bänder nach ihrer gewaltigen Dehnung. Oder sie wurde einfach durch einen Luftzug verursacht.

Janka trat vorsichtig vor und sah hinauf zu dem Loch in der Decke. Zu ihrer Überraschung sah sie den Himmel. Sie wich zurück in den Flur und schloss sorgfältig die Tür.

Zurück in ihrem Zimmer griff sie nach ihrer Gitarre und dachte, das kann ja gar nicht sein, niemand kann davonfliegen. Niemand. Dann versuchte sie noch einmal, die Saiten zu stimmen. Das Ergebnis war erbärmlich, die G-Saite schnarrte zum Steinerweichen, wahrscheinlich war auch der Hals verzogen. Sie strich über den rissigen Lack, fuhr mit den Fingerkuppen entlang der Bruchkanten. In einer Stunde würde sie Pawel treffen, er würde ihr eine neue Gitarre geben, wie er es versprochen hatte. Komme, was wolle, hatte er gesagt.

Sie zog sich an, umrandete die Augen mit einem Kohlestift und verließ das Haus. Eine Gruppe junger Pioniere marschierte vorbei, Halstücher um die dünnen Hälse gewickelt, dicke Handschuhe, Ohrenwärmer. Sie selbst war mit dreizehn Jahren auch eine stramme Pionierin gewesen. In der Tiefe der Wälder erstes Blut im Schlafsack, Lagerfeuer, patriotische Lieder, Heimweh. Zum ersten Mal Sehnsucht. Sehnsucht nach Pawel, nach dem Freund, der schon immer da war und mit einem Mal ganz anders fehlte. Sie zählte die Tage bis zu ihrem Wiedersehen, und als Pawel endlich vor ihr stand, wich er zurück.

Erst drei Jahre später, in jener Nacht am Fluss, hatte sie Pawel geküsst. Pawel hatte Andrej geküsst. Andrej hatte sie geküsst. Am Morgen danach überall Sonne, im Kopf nur Glas. Platt und gnädig war der Fluss, Andrej klimperte auf der Gitarre, Pawel streunte umher, ordnete Gras, Steine und Stöcke. Der Name Janka wurde gerufen. Es war Andrej –

oder war es Pawel –, der ihre Hand nahm, sie hin und her wendete, dann einen ihrer Finger in den Mund steckte. Alles in Ordnung mit dir? Alles in Ordnung. War es Andrej oder war es Pawel, der mit ihr zu scherzen versuchte? Widerliche, kleine, stille Fliegen schwirrten ihnen um die Nase, setzten sich überallhin und hinterließen Asche. Ich hau ab, sagte sie, und niemand hielt sie auf.

Rechts das Kornfeld, links die Krüppelkiefern, einer mit Angel und Plastikeimer kam ihr pfeifend entgegen, nickte ihr zu, sie wollte grüßen, aber ihre Lippen bewegten sich nicht.

Als sie zurück zur Datscha kam, saß Maria auf der Veranda und stopfte Socken, blickte auf und zeigte auf Jankas zerrissenes Hemd mit dem aufgenähten gelben Apfel über der Brust. Bist du nicht zu alt für solche Kindersachen? Der Faden glitt aus dem Nadelöhr. Wir waren baden. Die ganze Nacht? Ja. Wo sind deine Schuhe? Vergessen. Maria versuchte, das Stopfgarn wieder einzufädeln, eine Aufgabe, die sie hasste, sie warf Nadel, Garn und Socke hin. Janka kniete zu Füßen der Mutter, legte den Kopf in ihren Schoß und schlang die Arme um sie. Sie weinte nicht, wartete nur, dass die Mutter eine Hand auf ihren Kopf legte, wo sie im Haar vielleicht einige Kiefernnadeln oder etwas Sand fände. Aber Maria sah nichts und fragte nicht weiter. Sie schüttelte die Tochter ab und lachte: Nun lass mich mal.

Kurz vor Silvester verkündete Janka, ich bin schwanger. Im Erholungspark hatte man bunte Kugeln in die Bäume gehängt, Eisskulpturen standen herum, Figuren aus Märchen. Das kann nicht sein, Andrej lachte hysterisch, und Pawel glotzte Schneewittchen an. Kannst du es wegmachen? Bist du bescheuert? Sie schlug Andrej ins Gesicht, und er war still. Aber nicht lange, dann stellte er komplizierte Rechnungen auf, um zu beweisen, dass er unmöglich der Vater sein konnte, erklärte sowohl den Gregorianischen als auch den Julianischen Kalender für ungültig – niemand konnte demnach der Vater sein. Dabei wusste Andrej genau wie Pawel, dass das Kind in jener Nacht am Fluss gezeugt worden war. Ich könnte dem Kind ein Vater sein, sagte Pawel leise. Janka lachte ihn aus. Meinst du, ich will dich jeden Tag vor der Nase haben, nur damit mein Kind jemanden Papa nennen kann? Meinst du, ich will für dich Piroggen backen und zu deinen Eltern ziehen, bis du eine Arbeitsstelle bekommst? Ich will keinen Mann, der von anderen Männern träumt, ich will überhaupt keinen Ehemann. Mir reichen meine Mutter und meine Großmutter.

In der Cafeteria der technischen Fakultät nahm Janka einen Teller Buchweizengrütze vom Buffet, dazu einen Becher Milch und Kompott. Mit ihrem

Tablett setzte sie sich an einen freien Tisch. Es machte ihr Spaß, so zu tun, als gehöre sie dazu.

Nach einer Ewigkeit erschien Pawel, umringt von Mädchen. Er hatte nur seine Mappe bei sich, keinen Koffer, keine Tasche, nichts, was auf ein Instrument hindeutete. Janka fluchte leise.

Eine Putzfrau mit Gießkanne trat in ihr Blickfeld, goss mal den einen Gummibaum, mal den nächsten, blieb stehen, sah nach oben, als schaute sie einer Schar Gänse nach.

Pawel hatte Janka noch nicht gesehen, er wählte ebenfalls Grütze und Kompott, die Gruppe setzte sich an einen Tisch, halb verdeckt von einem Gummibaum, und statt zu essen, zog Pawel einen Stapel Zettel aus seiner Mappe und schwadronierte. Die Mädchen hingen an seinen Lippen.

Janka schob das Tablett von sich, trat hinzu und schlug mit der flachen Hand auf die Tischplatte, dass die Burratino-Limonade in den Gläsern gefährlich schwappte. Warum sind Sie nicht bei der Trauerfeier, Pawel Pawlowitsch, fuhr sie ihn an und zerrte ihn unter den Augen der konsternierten Kommilitoninnen hinaus.

Du bist eine Irre, schimpfte Pawel begeistert, als sie über den Vorplatz rannten.

Hast du die Gitarre?

Nicht hier.

Wo?

Lass uns woanders reden.

Dann komm.

Wohin?

Weiß nicht.

Sie rannten Hand in Hand weiter, links öffnete sich eine Tür, ein Mann kam heraus, sie schlüpften hinein.

Wo willst du hin?

Ganz nach oben. Was ist mit der Gitarre?

Wieso müssen die Leute eigentlich immer die Fahrstühle verunstalten, sag, warum?, fragte Pawel und kratzte mit seinem Schlüssel feine Linien in den Lack an der Kabinenwand.

Pawel, wo ist die Gitarre?

Ich habe sie noch nicht.

Der Fahrstuhl hielt, leerer Flur und ein paar Takte Trauermarsch, die Tür schloss sich wieder. Janka zog den Reißverschluss ihres Parkas herunter und öffnete die oberen Knöpfe ihrer Strickjacke. Der Fahrstuhl hielt wieder, eine Frau mit Abfalleimer in der Hand stieg ein, wo wollt ihr hin?

Wir wollen nach oben.

Ich muss nach unten. Die Frau verzog das Gesicht und starrte Janka in den Ausschnitt, warum trägst du eigentlich keinen Büstenhalter, Mädchen.

Haben Sie einen toten Marder in Ihrem Eimer, oder was stinkt da so?

Und wenn schon, was geht es dich an?

Dann müssten wir die Miliz rufen, was meinst du, Pawel? Janka drehte der Alten den Rücken zu, küsste Pawel auf den Mund und schloss die Augen, hörte das empörte Schnaufen der Frau. Mit einem Ruck hielt der Fahrstuhl.

Gottloses Pack, man sollte euch verbannen, sagte die Alte und spuckte ihnen vor die Füße. Dann war sie draußen, die Tür schloss sich, und sie ruckelten wieder nach oben.

Ich mag Aufzüge nicht besonders, sagte Pawel.

In der fünften Etage gab es eine Leiter, und sie kletterten durch eine schmale Luke aufs Dach, kauerten sich zwischen Kamine und Fernsehantennen. Janka zündete zwei Zigaretten an und steckte eine davon Pawel zwischen die Lippen. Ich will Kroschka ein Dreirad kaufen.

Und was habe ich damit zu tun?

Ich dachte, du könntest mir helfen.

Die Gitarre, ein Dreirad – und am Ende eine Bananenplantage.

Vergiss es, Pawel.

Was kostet denn ein Dreirad?

Sie stand auf, balancierte in Richtung Abgrund und beugte sich vor. Verdammt, ist das hoch, mir wird schwindelig.

Dann schau nicht hinunter.

Würdest du mich vermissen?

Hör auf damit, Janka.

Sag, Pawel, wer hat in jener Nacht wen zuerst geküsst?

In welcher Nacht?

Draußen am Fluss vor drei Jahren. Janka balancierte weiter an der Traufe.

Keine Ahnung. Fängst du wieder damit an?

Denk doch nach.

Du hast alle geküsst. Andrej, Kostja, Olga, Emi und jeden, der zufällig vorbeikam.

Das ist nicht wahr.

Und mich.

Das ist wahr. Und es war schön. Dich zu küssen.

Warum ist alles anders, seitdem Kroschka auf der Welt ist?

Sag du es mir, Pawel.

Früher hatten wir Spaß.

Was du Spaß nennst.

Ich vermisse das Zusammensein, Janka.

Ich muss arbeiten, ich muss mich um meine Tochter kümmern.

Ich wollte mich auch um Kroschka kümmern.

Lass mich in Ruhe, das ist doch nicht wahr. Wenn wir mal einen Sonntag mit Kroschka zusammen verbringen, beklagst du dich, dass man kein vernünftiges Gespräch führen kann, weil das Kind die ganze Zeit schreit. Janka spürte, dass ihr Kopf heiß wurde bei dem Gedanken, dass Kroschka meistens ganz still war, als ahnte sie, dass sie unsichtbar sein musste, um niemandem zur Last zu fallen. Und Janka wusste nicht, ob die Hitze von der Scham oder von der Wut kam. Sie konnte alles auf zwei Arten betrachten, sie konnte einfach vom Dach springen oder leben, und es war nur eine Entscheidung zwischen Scham und Wut.

Ich muss jetzt gehen, sagte Pawel.

Wohin?

Nach Afghanistan, habe ich dir das nicht gesagt?

Idiot. Also wohin?

Es gibt Arbeit, zweihundert Rubel, bar auf die Hand. Und heute Abend bringe ich dir eine Gitarre, ich weiß schon welche, bei *Musik der Nationen* haben sie eine tschechische im Schaufenster. Bleibst du noch hier?

Ja, ich bleibe noch einen Moment. Janka ruderte mit den Armen, als verlöre sie das Gleichgewicht.

Fall nicht runter.

Sie hörte das Knarren der Leitersprossen, dann das Ächzen der Fahrstuhltür. Da zog er los, der eifrige Student, eine alte Pfandleiherin zu erschlagen und zweihundert Rubel zu erbeuten. Der Träumer. Zweihundert Rubel. Er konnte sich ja nicht einmal neue Schuhe leisten.

Von oben sah die Stadt friedlich aus. Zu ihren Füßen lag tief unten die mit Schneeresten und Pfützen gescheckte Straße, aus einem Hof ragten die zwiebelförmigen Kuppeln einer kleinen Kirche, und hinten beim Fluss erhoben sich die Hochhaussiedlungen und Fabriken, schwarz quoll der Rauch aus den Schloten.

Andrej saß auf den Stufen vor der Lenin-Statue im Erholungspark und trank. Er trug eine Jeansjacke und darüber seine dämliche mongolische Fellweste. Janka griff ihm in den Nacken, zog an seinen Haaren. Hör auf zu saufen.

Warum?

Weil du mir helfen musst. Pawel hat keine Gitarre bekommen, jetzt bist du dran.

Warum ich?

Weil du meine zerstört hast. Schon vergessen?

Andrej nahm einen Schluck, starrte sie mit glasigem Blick an. Ja, das stimmt.

Du bist ja vollkommen hinüber.

Dies ist eine offizielle Trauerfeier, du störst eine offizielle Trauerfeier, Janka, das wird Konsequenzen haben.

Lässt du mich hängen?

Habe ich nicht gesagt. Nicht so dramatisch, bitte. Ich kann ja nichts dafür, dass Pawel seine Versprechen nicht hält. Bei *Musik der Nationen* hängt eine gute tschechische Gitarre, die kostet aber.

Das weiß ich. Und ich frage dich noch einmal: Lässt du mich hängen?

Wenn du weiter so schreist, rufst du noch die Miliz auf den Plan. Beruhige dich, bei der ewigen Einigkeit der Union, beruhige dich. Andrej legte einen Finger an die Lippen und drehte sich zu Lenin um. Genosse Wladimir Iljitsch mag auch keine keifenden Frauen. Du machst ihm Angst, wenn du so schreist.

Das Konzert ist wichtig für mich, und du tust nicht mal so, als würdest du dich bemühen. Ich brauche eine neue Gitarre.

Ich habe alles versucht. Andrej tanzte um sie herum und rief, aber woher soll ich das Geld nehmen? Menschenskind, du hast Ideen, Janka. Ich habe Trudik nach seiner Klampfe gefragt, eine Zwölfsaitige, aber er meinte, er verleiht nicht an Mädchen. Was soll ich denn tun?

Ich habe euch alle so satt. Verpiss dich einfach, Andrej.

Okay, ich verpisse mich, aber dann bist du mich für immer los. Mal sehen, was du dann zustande bringst. Ich glaube, Trudik hat recht, wenn er dir keine Gitarre leihen will. Er weiß nämlich, was dabei herauskommt – weinerliches Jaulen. Deine Liedchen kannst du deiner Kroschka vorsingen, aber nicht zur Nacht, sonst bekommt sie Albträume.

Los, verschwinde und sprich nie wieder den Namen meiner Tochter aus.

Andrej nahm wieder einen Schluck und begann

zu singen. Er sang ihr Lied. Janka starrte in den Himmel, wo große Wolken aufgehängt waren, so unnütz und reglos wie sie selbst. Leute blieben stehen und hörten zu. Janka wandte sich ab und ging, in den Ohren noch Andrejs Gesang, seine unverwechselbar heisere Stimme, die mit der zweiten Strophe langsam leiser wurde.

10

Der Student war tot.

Gehen Sie nach Hause, Matwej Alexandrowitsch. Gehen Sie nach Hause und halten Sie sich zur Verfügung.

Matwej Alexandrowitsch zerrte fahrig die Akte hervor: Keinerlei dokumentierte Vorerkrankungen, ein mustergültiges Elektrokardiogramm, auch unter Belastung – der Proband war kerngesund gewesen. Er ließ sich vom diensthabenden Techniker das Protokoll reichen. Wie angeordnet, hatte man sich bis an den Rand des grünen Bereiches bewegt, an keiner Stelle ging die Kurve darüber hinaus.

Wir melden uns bei Ihnen. Es wird natürlich eine Untersuchung geben.

Matwej Alexandrowitsch machte auf dem Absatz kehrt.

Warten Sie doch, Matwej Alexandrowitsch, rief Sinaida Petrowna, Sie haben ja alles vergessen! Sie sprach noch von Unglück, Schicksal und Pech, aber Matwej Alexandrowitsch hörte nicht zu. Er klemmte Mantel und Mappe unter den Arm, öffnete die Hintertür der Halle und stand im Freien. Er holte tief Luft, aber die Luft war dünn, ein Faden, eine spitze, garstige Scherbe in der Luftröhre. Er spürte ein Ziehen, keine Schmerzen, nur ein gleichmäßiges, scheußliches Ziehen im Magen und im Kopf. Er musste hier weg. Er stürmte voran und sah sich immer wieder um, als würde er verfolgt. Gedanken wirbelten, er konnte keinen festhalten. Das Pflaster war schmutzig, war es immer schon so schmutzig gewesen? Oben widerliche Krähen und überall schwarze Rauchwolken, die die Luft verpesteten.

Er blieb stehen, als könnte er so besser denken, hob die zitternden Finger zum Gesicht und tastete es vorsichtig ab. Die schweißnasse Stirn, die Augenlider, die Wangen, den Hals. Was bin ich doch für eine Kreatur. Er sah sich erstaunt um. Was werde ich erzählen? Warum zum Teufel war das wichtig? Und wem sollte er überhaupt etwas erzählen? Hatte er überhaupt jemanden, dem er etwas erzählen konnte? Und wieder: Was sollte er erzählen? Es gab nichts zu erzählen. Nichts. Er hatte niemanden umgebracht. Es war jemand gestorben, der zuvor unterschrieben hatte, dass er sich des Risikos bewusst war. Jetzt war es also so weit. Was? Genosse, was?

Abknallen sollte man die Krähen, schweigen sollten sie. Er hasste all diesen Dreck, die schmutzigen Straßen, wo nicht ein Baum stand, nur der Gestank in der Luft. Mein Geist arbeitet, mein Geist ist klar, ich mache keine Fehler, verstanden? Beinahe hätte er den Satz laut ausgerufen, den beiden Betrunkenen, die ihm entgegentorkelten, mitten ins Gesicht. Was macht ihr hier am helllichten Tage, ihr Gauner, brüllte er sie an. Sie blieben stehen, kapierten nichts, glotzten wie die Kühe vor der Schlachtung. Wieso arbeitet ihr nicht? Ich zeige euch an. Mitten am Tag herumstreunen, ihr Taugenichtse, ihr Schmarotzer, andere müssen arbeiten, damit ihr saufen könnt!

Beruhige dich Bruder, sagte einer der beiden, mein Freund Wladimir glaubt, du bist der, auf den wir die ganze Zeit gewartet haben. Aber deine Nase blutet.

Ich zeige dir gleich eine blutige Nase! Matwej Alexandrowitsch fasste sich wieder ins Gesicht, spürte das Blut, was geht es euch an? Geht weiter, geht!

Wie hieß der Student überhaupt? Er versuchte, sich an die Unterschrift des Jungen zu erinnern, die Unterschrift, mit der er sein Schicksal besiegelt hatte. Natürlich hatte der Junge in seinem jugendlichen Leichtsinn nicht daran gedacht, dass das Leben ihm einen Streich spielen könnte, den letzten Streich. Er hatte nur an das Geld gedacht. Was wollte er sich davon kaufen? Vielleicht hatte er auf ein Auto gespart? Und die Mutter des Jungen? Sie haben meinen Jungen auf dem Gewissen, Sie allein! Nein! Es war ein Unfall. Hatte er nicht heute Morgen den Techniker angerufen und ihn angewiesen – was hatte er ihm gesagt? Jedenfalls hatte er schon vor Monaten dem Leitungsgremium übermittelt, dass man die technische Überprüfung der Gerätschaften ernster nehmen müsse. Er hatte doch eine größere Bereitschaft der Ärzte gefordert, bei den Experimenten anwesend zu sein. Niemand hatte ihn anhören wollen. Und das hatten sie nun davon. Nein, das hatte er nun davon, denn er war der Verantwortliche.

Aus der Manteltasche zog er ein Taschentuch, das Blut war schon getrocknet. Er schwitzte, er hatte Durst, die Kehle war trocken und wund. Er dachte an einen Bach, der dahinfloss und plätscherte, dachte an Wasser, kühl und frisch und von perlender Transparenz. Er irrte umher, bis er vor einem Kiosk stand, mitten im Nirgendwo. Viel zu laut bestellte er ein Glas Kwas.

Kwas ist aus.

Geben Sie mir ein Bier.

Bier gibt es nicht.

Herrje! Was haben Sie denn?

Sprudelwasser. Wenn Sie wollen, auch Sprudelwasser mit rotem Sirup.

Geben Sie mir ein Glas Sprudelwasser.

Matwej Alexandrowitsch trank das Glas in langen Zügen aus, blieb dann reglos vor dem Kiosk stehen. Die Verkäuferin wandte sich wieder ihrem Buch zu. Die Welt hielt sich woanders auf. Er war allein. Er musste mit jemandem sprechen. Er musste sich erklären. Er hatte keine Schuld. Warum war dieser Student ausgerechnet an ihn geraten? Wahrscheinlich hatte er einen Herzfehler verschwiegen. Aber warum hatte er das getan, dieser junge Narr? Aus Dummheit oder Habgier? Es war falsch, Dinge zu verschweigen. Es war einfach falsch. Warum hatte denn niemand Mitleid? Haben Sie Mitleid?

Mit Ihnen? Die Verkäuferin blickte von ihrem Buch auf. Wollen Sie noch ein Sprudelwasser, vielleicht diesmal mit rotem Sirup?

Einsperren sollte man mich, einsperren und nicht bemitleiden.

Was denn nun? Einsperren oder bemitleiden? Was hast du denn verbrochen? Hast du deine Frau betrogen?

Wie dumm du bist.

Werd nicht unverschämt. Ich kann nichts dafür, ich habe meinen eigenen Ärger, lass mich mit deinem in Ruhe.

Matwej Alexandrowitsch sank auf die Knie. Die Verkäuferin lehnte sich aus ihrem Kiosk und starrte ihn an. Ach so, ein Säufer, das hätte ich mir gleich denken können. Steh auf, mein Guter, ich hab noch ein Bier gefunden, willst du es haben?

Matwej Alexandrowitsch stand auf, nahm seine Mappe und ging. Wohin sollte er sich wenden? Wer würde sich seiner erbarmen? Es war doch keine Absicht gewesen. Aber Absicht oder nicht, der Junge war tot. Nein, er war kein Schuft, er war ein nichtssagender Mann, ein Mann, der seine Pflicht erfüllte –, und bei dem Wort Pflicht wurde ihm übel. Weiter, gehen Sie doch weiter, Herrschaften, alles in Ordnung mit mir. Und wenn er ein Schuft sein sollte, dann war das ganze menschliche Geschlecht ein Schuft, dann waren sie alle, die hier atmeten und fraßen, sie waren alle schlecht und schuldig.

Er blieb stehen, und plötzlich wusste er, mit wem er sprechen wollte, wem er sich anvertrauen wollte. Die einzige, die ihn verstehen würde, die den Geist und das Herz hatte, ihn zu verstehen, die fühlen und denken konnte, war Maria Nikolajewna. Natürlich, warum war er nicht gleich darauf gekommen? Diese zarte, kluge, liebe Person, sie würde alles verstehen.

Wie er das Museum für Natur- und Völkerkunde erreicht hatte, wusste er später nicht mehr. Aber Genosse, Sie werden sich doch wohl erinnern? Nein. Haben Sie den Siebzehner Bus genommen? Das kann sein, ja, den Bus, aber vielleicht bin ich auch gelaufen, Sie müssen wissen, dass ich als junger Mann der schnellste Läufer bei uns im Dorf war. Von welchem Dorf sprechen Sie? Das Dorf, in dem ich aufgewachsen bin. Soweit wir Ihren Akten entnehmen, sind Sie in der Stadt aufgewachsen. Ja, richtig, in der Stadt.

Im Waschraum spritzte er sich kaltes Wasser ins Gesicht, wusch sich die Hände, den Nacken und ordnete sein Haar.

Er fand Maria Nikolajewna im zweiten Stock und sah sie, bevor sie ihn sah. Sie saß auf einem Stuhl und betrachtete einen Elch. Was für ein Bild! Ihr Haar war wie immer zu einem Knoten gesteckt, sie saß gerade, die Hände auf die Knie gelegt. Das liebe Gesicht, die leicht spitze Nase im Profil, um den Hals ein wild gemustertes Tuch. Menschen, die sich unbeobachtet wähnen, entwickeln eine ungefasste Form der Schönheit, und er fragte sich, was denn eigentlich das Merkwürdige an dieser Frau war, was war es, das ihm schon damals, als er sie zum ersten Mal sah, so gut an ihr gefallen hatte? Da drehte sie den Kopf und sah ihn verwundert an.

Matwej, Sie hier, das ist eine Überraschung.

Ja, ich habe unverhofft einige freie Stunden, und mir ist aufgefallen, dass ich seit Jahren nicht in diesem Museum gewesen bin. Darauf folgte ganz selbstverständlich der Gedanke, dass Sie, verehrte Maria Nikolajewna, hier arbeiten, und das erschien mir mit einem Mal eine glückliche Fügung.

Sie erhob sich und setzte sich wieder, stand dann wieder auf. Leider kann ich Ihnen keinen Stuhl anbieten, denn es gibt nur den einen. Ich allerdings sitze schon die ganze Zeit in diesem Saal und stehe gern einen Augenblick. Also bitte, setzen Sie sich.

Nein, danke, ich stehe auch lieber. Und ich hoffe, Sie nicht zu sehr abzulenken, denn ich nehme an, dass Aufsicht und Überwachung der Exponate Ihre ungeteilte Aufmerksamkeit verlangen. Ich werde Ihre Zeit bestimmt nur kurz beanspruchen, und wenn Ihnen meine Anwesenheit gar nicht recht ist, gehe ich natürlich sofort.

Hier ist doch niemand, Matwej, den ich beaufsichtigen könnte. Der Elch macht keine Anstalten davonzulaufen, und sogar die Schulklassen bleiben heute aus. Bleiben Sie also, Matwej, ich freue mich, dass Sie mir ein wenig die Zeit vertreiben.

Ich will Ihre Zeit ja gar nicht vertreiben, ich will sie verbringen – eine kurze Spanne mit Ihnen.

Matwej beugte sich über die Tischvitrine mit den schwimmenden Iltissen und bemerkte, wie kunstfertig der Künstler die Form des Materials zu nutzen gewusst hatte. Sehen Sie nur, Maria Nikolajewna, die Iltisse schwimmen mit nach oben gereckter Schnauze und gestreckten Beinen stromlinienförmig durch irgendeinen Fluss, der vermutlich bis heute durch die Landschaft mäandert. Der Künstler muss die Tiere lange und ausgiebig beobachtet haben, muss die Schwimmbewegung förmlich in den eigenen Gliedern gespürt haben.

Oder die Künstlerin.

Wie bitte?

Es kann doch sein, dass es sich um eine Künstlerin handelte.

Das kann ich mir nicht vorstellen. Sehen Sie doch, das größere Tier schwimmt voran, das kleinere hinterher. Ein Meisterwerk. Ich glaube, irgendwann passierte etwas Seltsames im Gehirn des Homo Sapiens, Synapsen bildeten sich, andere starben ab, und ein neues heilloses Durcheinander von Verbindungen führte schließlich dazu, dass der Mensch seine Kreativität nicht nur zur Lebenserhaltung nutzte – für seinen Schutz und zur Nahrungssuche –, sondern er begann, sich künstlerisch zu betätigen. Ein Fehler der Evolution, dessen Ergebnisse wir heute bestaunen können. Diese Iltisse sind aus Rentierhorn geschnitzt, würde ich vermuten. Und dieses winzige Objekt daneben stellt einen Beutelwolf dar, was meinen Sie?

Es ist natürlich kein Beutelwolf, Matwej, es ist ein Nilpferd.

Ein Nilpferd? Gab es damals denn schon Nilpferde?

Warum denn nicht?

Hier geht es doch nicht um Spekulationen. Wir befinden uns im Bereich der Wissenschaft. Sagen Sie uns, Genosse Matwej Alexandrowitsch, als Sie am Morgen des nämlichen Tages, nennen wir diesen Tag den Unglückstag, ins Institut kamen, ist Ihnen da etwas aufgefallen? Der Gestank von Nagellack ist mir aufgefallen. Das heißt, Sie waren in gereizter Stimmung? Das habe ich nicht gesagt, ich habe nur gesagt, dass meine Kollegin, die verehrte Sinaida Petrowna, ihre Nägel lackierte und der Geruch des Nagellackes mir in die Nase stach. Ergänzend darf ich an dieser Stelle hinzufügen – wenn wir schon dabei sind –, dass ich die Arbeitsstelle für einen ungeeigneten Ort für die Körperpflege halte, eigentlich müsste ich diesen Vorfall melden.

Vielleicht haben all diese Gegenstände und Objekte den Menschen erst zum Menschen gemacht, sagte Maria, weil der Mensch anhand der Objekte die Welt bewältigte.

Das haben Sie klug gesagt, Maria Nikolajewna. Genauso scheint es mir auch. Genosse Matwej Alexandrowitsch, haben Sie dem etwas hinzuzufügen? Ich möchte noch vorbringen, dass ich an diesem Unglückstag, wie Sie ihn nennen, in besonders guter Stimmung war, auf dem Weg zur Arbeit erschienen mir unsere Fabriklandschaft und das Institut besonders hell und klar und sinnvoll. Sonst nicht, Genosse? Natürlich, sonst auch, an diesem Morgen jedoch in besonderem Maße, denn es war ein Morgen, an dem zwar der Trauermarsch aus allen Lautsprechern drang, und doch lag die Hoffnung auf etwas Neues in der Luft. Aber es ist doch interessant, dass Ihnen genau an diesem Morgen ein solches Missgeschick widerfuhr. Ja, da haben Sie recht, das ist interessant, aber wie Sie richtig anmerkten, war es ein Missgeschick, aber wessen Missgeschick? Würden Sie bitte Missgeschick definieren, Genosse. Selbstverständlich, ein Missgeschick – warten Sie, ich muss überlegen. Lassen Sie sich Zeit, vielleicht werden Sie in einem Ihrer Kästchen fündig? Das ist eine gute Idee, ich werde nachsehen – aber halt, machen Sie sich über mich lustig? Wie kommen Sie darauf? Verfluchte, forschende Blicke, hören Sie auf, mich zu quälen, ich bin ein braver Bürger, und wenn man mich befragen will, dann nur in der gesetzlich vorgeschriebenen Form! Auf andere Methoden lasse ich mich nicht ein!

Wissen Sie, Matwej, ich interessiere mich für die feinen Unterschiede, und könnte ich mein Leben noch einmal von vorne beginnen, würde ich mich der Pathologie widmen. Ich stelle es mir faszinierend vor, das, was man tagtäglich lebendig in sich spürt, ausgebreitet auf einem Tisch liegen zu sehen. Wenn wir schlafen, ist das Herz das einzige, was in uns lebendig ist. Es schlägt, um uns zu bewachen, ist es nicht so?

Ja, so ist es wohl, sagte Matwej Alexandrowitsch.

Ich bewundere Sie, Matwej.

Wofür bewundern Sie mich, Verehrteste?

Ich bewundere Sie dafür, dass Sie das Leben – unser Leben hier – nicht hinterfragen. Aus vollem

Herzen singen Sie die Lieder der Partei, aus vollem Herzen halten Sie an der großen Idee fest.

Tun Sie das denn nicht?

Soll ich Ihnen diese Frage ehrlich beantworten?

Wovor haben Sie Angst?

Ich fürchte mich vor so vielem, ein ganzes Lexikon der Angst könnte ich schreiben. Die Ängste gehen ineinander über und bilden einen allumfassenden Schrecken.

Jetzt übertreiben Sie aber, liebe Maria Nikolajewna.

Vielleicht ein wenig, aber ich bin nicht der Mensch, der sich durchsetzt. Ich mache kleine Schritte. Vielleicht ist das ein Fehler, aber so habe ich es immer gemacht.

Es ist bestimmt kein Fehler.

Ich wäge meine Schritte ab. So kann ich meine Ängste in Zaum halten. Ich nenne Ihnen ein Beispiel: Als ich mit meiner Tochter schwanger war, wusste ich, dass ich das Kind allein großziehen würde. Ich hätte den Vater natürlich sofort in die Wüste schicken können, wo er schließlich sowieso gelandet ist, aber ich habe abgewartet und recht behalten. Wir haben zwar eine Intuition, aber am Ende entscheidet doch das Schicksal. Da mögen Sie lachen, aber ich glaube an das Schicksal. Deswegen bin ich einigermaßen ruhig, denn ich weiß, ich kann nichts ändern, es wird kommen, wie es kommen muss. Ich gehöre zu den Menschen, die lieber zuhören als sprechen. Manchmal bin ich erstaunt, welche Intimitäten Menschen aus ihrem Leben vor anderen ausbreiten, mir wäre das peinlich.

Sicher, auch mir wäre das peinlich. Nur das mit dem Schicksal –

Wissen Sie, Matwej, es ist nicht so, dass ich unglücklich bin. Es ist nur so, dass ich nicht glücklich bin. Natürlich frage ich mich gleichzeitig, ob ich es jemals gewesen bin – ich meine glücklich, oder ob ich immer nur dachte, ich wäre glücklich, es aber gar nicht war, weil ich das Gefühl, wirklich glücklich zu sein, gar nicht kannte oder weil ich dieses Gefühl für ein anderes Gefühl gehalten habe, verstehen Sie?

Sicher.

Und manchmal denke ich, ich bin undankbar, fuhr Maria Nikolajewna fort, und ich werde das Unglück noch heraufbeschwören, weil ich das Glück, in dem ich lebe, nicht sehe, verstehen Sie? Es gibt Momente, da wache ich am Morgen auf, und ich denke, was für ein Leben. Maria Nikolajewna hielt inne. Matwej, Sie sind ja ganz blass. Was ist mit Ihnen? Ich werde ein Fenster öffnen. Das ist zwar im Museum streng verboten, aber wir werden eine Ausnahme machen. Sie entriegelte einen der schweren Fensterflügel und zog ihn auf. Matwej Alexandrowitsch, Sie machen mir Sorgen. Vielleicht sollten Sie einen Arzt aufsuchen.

Nein, ich bin vielleicht mehr erschüttert, als ich mir selbst gestatten mag.

Erschüttert? Weshalb denn? Maria Nikolajewna sah auf die Uhr und stieß einen kleinen Schrei aus. Wie die Zeit mit Ihnen vergeht, Matwej, ich muss in den nächsten Saal. Kommen Sie mit mir?

Lieber nicht, der Wetterumschwung scheint mir übel mitzuspielen.

Maria Nikolajewna verriegelte das Fenster wieder. Ich habe Sie gelangweilt mit meinem Gerede.

Ganz und gar nicht. Es ist faszinierend, wie Sie zwischen Begeisterung und Schwermut pendeln. Ich bin sehr froh, mit Ihnen sprechen zu können, heute –

Dann bin ich erleichtert, Matwej. Es ist dieser Ort, der mich manchmal in merkwürdige Stimmungen versetzt. All diese Objekte sind wie stehen gebliebene Gedanken, die Zeit läuft hier anders.

Das ist wahr.

Maria Nikolajewna näherte sich Matwej Alexandrowitsch und tippte ihm auf die Brust. Was haben Sie denn hier, ist das ein Blutfleck?

Ich hatte Nasenbluten.

Sie sollten wirklich zum Arzt gehen. Sie haben doch nicht vergessen, dass bei uns heute ein Konzert in der Küche stattfindet?

Das geht nicht.

Nun haben Sie sich nicht so, Matwej. Das Kwartirnik ist lange geplant, und irgendjemand muss doch etwas anderes als den Trauermarsch spielen. Wir müssen die jungen Leute in ihren musikalischen Ambitionen unterstützen, meinen Sie nicht?

Ganz und gar nicht. Es ist keine Musik. Es ist böse.

Maria Nikolajewna lachte hell auf. Sie sind wirklich drollig. Was ist denn daran böse? Erinnern Sie sich an Ihre eigene Jugend!

Lieber nicht.

Sie haben recht. Wir hatten keine gute Jugend. Andererseits ist die Jugend immer schön. Wir haben geküsst, und wir haben getanzt, und alles schien möglich. Die Zukunft hatte Zeit.

Nein, ich erinnere mich nicht.

Das ist sehr schade. Ich erinnere mich. Und jetzt gehen Sie, Matwej, und ruhen sich aus.

11

Warwara Michailowna trat vor die Tür und holte tief Luft. Vor dem Eingang der Entbindungsstation standen die nächsten werdenden Väter und warteten, in der einen Hand die Zigarette, in der anderen Nelken in Cellophan. Wenn alles gut ging, bekamen sie bald einen Säugling in den Arm gedrückt, rotwangig und fest gewickelt. Einer der Väter schaute sie hilfesuchend an, Warwara nickte ihm zu und ging wieder hinein.

Bei der Anmeldung watschelten vier Schwangere auf und ab, hielten sich den Bauch und schielten in der Hoffnung auf Erlösung gen Himmel. Warwara Michailowna musterte die vier, nahm eine beim Arm. Komm, bald ist es so weit.

Man hat gesagt, ich müsse warten, die Kreißsäle seien alle besetzt.

Du wirst sehr bald gebären. Wie heißt du?

Anita.

Wie alt bist du?

Achtzehn.

Ist das dein erstes Kind?

Ja.

Bist du verheiratet?
Natürlich.
Und wie soll dein Kind heißen, Anita?
Vielleicht Gabriel.
Gut, Gabriel. Ein schöner Name. Und jetzt komm.
Gabriel – nach dem Engel.
Nach einem Engel, das habe ich schon verstanden. Wenn es ein Junge wird, warum nicht nach einem Engel. Setz dich dort auf die Bank, Anita, ich bin gleich bei dir.

Seit bald dreißig Jahren half Warwara Michailowna in dieser Klinik Kindern auf die Welt, mittlerweile nur noch aushilfsweise, und in absehbarer Zukunft sollte auch das vorbei sein. Was käme dann? Freiheit, Verehrteste. Mit diesem Wort hatte sie der leitende Arzt Fjodor Robertowitsch vor einem Jahr offiziell verabschiedet, hatte ihr einen Blumenstrauß in die Hand gedrückt und ein golden gerahmtes Porträt ihrer selbst mit Drillingen im Arm.

Warwara Michailowna stieß die Tür zum Schwesternzimmer auf und fand dort zwei Hebammen rauchend und schwatzend vor. Ob niemand gesehen habe, dass eine kurz vor der Niederkunft stehe, fragte Warwara Michailowna, wie jung sie sei und wie gelb ihre Gesichtsfarbe? Nein, das habe man nicht bemerkt, wie schön aber, dass Warwara Michailowna heute da sei, obwohl das gar nicht nötig gewesen wäre, denn die Belegschaft sei vollständig anwesend, niemand im Krankenbett oder im Urlaub, die Frauen draußen habe man alle im Blick, und gelb sei die eine sicher nur, weil vollkommen betrunken.

So ein Unsinn.

Warwara Michailowna fand Anita in der Lache ihres Fruchtwassers liegend. Das arme Ding war vor Schreck ohnmächtig geworden. Warwara rüttelte sie wach und half ihr auf die Füße.

Im Kreißsaal Nummer Zwei wurde gerade ein Säugling abgenabelt, man solle sich beeilen, sagte Warwara Michailowna beim Eintreten, es sei dringend. Die Schwester half der frischgebackenen Mutter auf die Beine, der Arzt nahm den Säugling, und sie verschwanden.

Warwara Michailowna wischte die Spuren der letzten Geburt von der gummierten Matratze. Anita starrte auf den blutigen Lappen. Stell dich nicht so an, Mädchen, du willst hier gebären und nicht essen.

Sie half Anita beim Ausziehen, reichte ihr einen Krankenkittel, holte heißes Wasser und frische Tücher aus dem Nebenraum. Als sie wieder zurückkam, hockte Anita zitternd unter der Liege.

Komm da raus, wieso verkrümelst du dich, stell dich deinen Schmerzen, du bist eine Frau.

Anita brüllte, und Warwara Michailowna zog sie

aus ihrem Versteck. Ich helfe dir ja, aber hör auf mich zu boxen.

In der Tür erschien eine Schwester mit einer weiteren Schwangeren. Warwara Michailowna, ob Sie sich vielleicht beeilen könnten?

Dauert nicht mehr lange, gab Warwara zurück.

Ich muss scheißen, brüllte Anita und riss sich den Kittel vom Leib. Ich sterbe! Ich kann nicht mehr, verdammt, hilf mir doch einer!

So ist gut, genau, raus damit.

Der Arzt steckte den Kopf zur Tür herein, ob alles nach Plan laufe, er brauche eine Pause.

Warwara spürte das Köpfchen des Kindes, und wenig später hatte sie den kleinen Gabriel im Arm. Erstaunt betrachtete Anita ihr Kind, konnte nicht fassen, dass dieses Wesen aus ihr herausgekommen war.

Warwara wusch den Jungen und brachte Mutter und Kind in den Saal zu den anderen Müttern.

Na, war nicht so schlimm, oder?

War nicht so schlimm.

Ein hübscher Junge, nicht wahr?

Ein hübscher Junge.

Wie klug er schon in die Welt blickt.

Ja, wie er klug in die Welt blickt.

Wiederhole nicht alles, was ich sage.

Jetzt habe ich ihn oder?

Ja, jetzt hast du einen Sohn.

Für immer, nicht wahr?

Zumindest, solange es euch gibt.

Anita drehte den Kopf zur Seite. Nehmen Sie Gabriel?

Ich habe schon vieles gehört, aber so etwas noch nicht. Das ist ein sehr sonderbarer Vorschlag, Sonja.

Ich heiße Anita.

Natürlich.

Sie können ihn haben.

Ach, was du redest.

Nehmen Sie ihn? Nehmen Sie Gabriel?

Pass mal auf, Anita, du hast als Bürgerin unseres Landes die Pflicht, dich um dein Kind zu kümmern. Wenn du nicht bei deinem Mann bleiben willst, dann ziehst du eben in ein Wohnheim. Es ist alles möglich, es ist alles keine Katastrophe. Eine Katastrophe ist aber, wenn du keine Verantwortung übernimmst. Warwara erhob sich. Fürs Erste seid ihr beiden hier gut aufgehoben. Ich bringe jetzt deinen Gabriel zu den anderen Kindern, und du schläfst dich erst einmal richtig aus.

Wer ist Sonja?

Sie war eine Freundin. Du ähnelst ihr ein bisschen. Ich weiß nicht, was aus ihr geworden ist und ob sie noch lebt. Irgendein Leben wird sie gehabt haben – wie wir alle.

12

Auf dem Boden lag eine goldene Paillette und glitzerte vor sich hin. Maria beugte sich vor und tupfte sie mit der Fingerspitze auf. Bestimmt fand man so ein winziges Plättchen aus Kunststoff oder Metall in der Damentoilette bestimmter Restaurants, im Theater, am Ufer der Moskwa. Aber warum hier? Maria legte sich die Paillette auf die Zunge und hatte Gold im Mund.

Aus Matwej wurde sie einfach nicht schlau, obwohl sie schon so viele Jahre unter einem Dach lebten. Sie verstand nicht, dass jemand in einer so hohen Stellung, der bestimmt Anspruch auf eine eigene Wohnung hatte, freiwillig und aus voller Überzeugung in einer Kommunalka lebte. Seine Anzüge waren von so untadeligem Schnitt, dass man ihn für einen Ausländer halten konnte, hätte er nicht diverse Orden ans Revers geheftet. Er war bestimmt Parteimitglied, aber so genau wusste sie das nicht. Es war besser, nicht darüber zu sprechen. Es war überhaupt besser, nicht so viel zu sprechen. Aber es machte so viel Spaß, mit Matwej zu plaudern. Er war ein Mann der gepflegten Konversation. Maria Nikolajewna fasste sich ans Ohrläppchen. Sie mochte Matwejs scharfe, ein wenig hochmütige Gesichtszüge, die dunklen Augenbrauen, die er leicht hob, wenn er zuhörte oder nachdachte. Ganz aufgelöst war er gewesen, als wäre ihm etwas widerfahren. Gut, dass sie nicht gefragt hatte. Manches wurde erst durchs Aussprechen gefährlich.

Maria Nikolajewna beschloss ihre Runde wieder bei Elch und Lemmingen. Der zweite Besucher des Tages betrat den Saal. Er schaute sich um, als suche er etwas. Bevor sie ihm Hilfe anbieten konnte, war seine Aufmerksamkeit ebenfalls von den schwimmenden Iltissen in der Tischvitrine gefangen, und er zückte Bleistift und Notizbuch. Hatte er viele Freunde oder war er ein Einzelgänger? Er war einer mit zwei guten Freunden, beschloss Maria, einer, der sich nicht aufdrängte und Streitereien aus dem Weg ging. Sie gab ihm den Namen Pierre. Schon in der Oberschule hatten ihn die Mädchen aus gebührender Distanz angehimmelt, denn hinter seiner Schüchternheit vermuteten sie ein Geheimnis, von dem er selbst gar nichts wusste. Pierre, der Schweigsame. Nach Abschluss der Schule, nach einer harten Zeit bei der Armee und unglücklichen Jahren als Maschinenschlosser, hatte er begonnen, Romane zu schreiben. Die Anfänge waren mühsam gewesen, aber sein Erstling war zu einem Achtungserfolg geraten, und über seinen zweiten Roman hatte die Komsomolskaja Prawda geschrieben, er sei ein Meilenstein bei der Fortentwicklung der sowjetischen Literatur. Nun arbeitete er an seinem dritten Roman. Er handelte von einer Frau, die tagein tagaus in einem Natur- und Völkerkundemuseum Aufsicht führte.

Maria überfiel ein überschwängliches, leicht schiefes Gefühl von Zärtlichkeit. Sie nahm die Paillette aus dem Mund und legte sie auf ihren Handrücken.

Pierre nickte ihr zu und ging hinaus.

Maria machte pünktlich Feierabend. Vor dem Lebensmittelgeschäft Ecke Gorkistraße hatte sich eine Schlange gebildet. Was es am Anfang der Schlange gab, wusste sie nicht, Schwämme, Haferflocken, geräucherten Fisch? Sie stellte sich an, vielleicht lohnte es sich.

Sie sind der Letzte?

Der Mann nickte. Nach einer Weile fluchte er, die Kälte sei langsam nicht mehr auszuhalten.

Was wollen Sie denn, es ist März, sagte Maria mehr zu sich selbst. Sie schob die Mütze aus der Stirn, die Wolle kratzte.

Der Mann drehte sich zu ihr um. März, ja, eisig, stieß er durch die Zähne. Er wandte sich wieder ab. Aber Maria war in so angenehmer Plauderlaune, und weil das Anstehen eine langwierige Angelegenheit werden würde, fragte sie: Was glauben Sie, erwartet uns?

Der Mann lachte. Sie wissen es nicht? Am Anfang dieser Schlange erwarten uns feine, rosa glänzende Krakauer Würstchen, und wenn wir Pech haben, erwartet uns das Nichts. Und bis wir an der Reihe sind, ist uns die Möglichkeit gegeben zu überlegen, ob wir das, wofür wir anstehen, überhaupt brauchen.

Maria schob eine Hand in ihre Tasche und befühlte den kühlen Stoff der neuen Bluse. War Gelb wirklich ihre Farbe? An der Haltestelle auf der anderen Straßenseite wurde ein Teppich in den Siebzehner Bus gehievt.

Ich bin in drei Minuten wieder da, sagte die Frau, die sich hinter Maria in die Warteschlange gestellt hatte.

Maria nickte. Sie würde die Bluse heute Abend zum Konzert tragen.

Sie passen doch auf? Ich will meinen Platz nicht verlieren.

Wissen Sie überhaupt, was es vorne gibt? Die Frau verneinte und ging eilig davon.

Maria holte ihr Buch aus der Tasche und las, wie es Dantès gelang, sich in einen Leichensack zu schmuggeln und über die Festungsmauer ins Meer hinabgeworfen und von einem Schmugglerboot gerettet zu werden. Sie hatte *Der Graf von Monte*

Christo schon einmal als junges Mädchen gelesen und war erneut gefesselt. *Aber für einen langsamen, tiefen, endlosen, ewigen Schmerz würde ich, wenn es möglich wäre, einen ähnlichen Schmerz demjenigen zurückgeben, welcher mir denselben verursacht hätte.*

Da bin ich wieder, sagte die Frau etwas gehetzt. Ich habe mich beeilt.

13

Einen Sitzplatz gab es nicht, Warwara Michailowna schob sich durch die Menge im Siebzehner Bus ans Fenster.

An der Ecke Gorkistraße erkannte sie ihre Tochter in der Schlange vor dem Lebensmittelgeschäft. Schon wollte sie aussteigen, zu ihr gehen, was tust du hier, was für ein Zufall, aber sie besann sich, früh genug würden sie sich zu Hause wiedersehen.

Beim Fahrer gab es einen Tumult, jemand wollte mit einem großen Teppich einsteigen, ein Teil der ungeheuren Rolle ragte in den Bus, das andere Ende lag auf dem Trottoir, und zwischen beiden Enden schob sich ein aufgeregter Mann hin und her. Es wurde diskutiert, es ging nicht weiter.

Wie kommen Sie auf die Idee, einen Teppich von solchen Ausmaßen in einem öffentlichen Bus transportieren zu wollen?, rief Warwara Michailowna nach vorne.

Sprechen Sie mit mir?, rief der Mann mit dem Teppich.

Sehr richtig, mit Ihnen.

Ich habe Ihre Frage nicht verstanden. Könnten Sie die Frage bitte wiederholen?

Sehr gern. Sie wiederholte die Frage und fügte noch an: Es ist gegen die Vorschriften!

Das sehe ich aber anders, Madame, mischte sich einer ein, warum soll der Herr nicht seinen Teppich transportieren dürfen?

Wann fahren wir denn endlich weiter, rief Warwara Michailowna und andere Fahrgäste stimmten ein.

Sie schaute wieder aus dem Fenster und betrachtete ihre Tochter. Sie sah gut aus heute, der Mantel fiel elegant. Vielleicht hatte Maria das Futter versetzen lassen, manchmal reichten ja zwei Zentimeter. Jetzt sprach Maria mit dem Mann, der vor ihr in der Schlange stand. Offenbar scherzten sie miteinander, denn Maria lachte und riss den Mund auf, als wollte sie den armen Mann auffressen. Dann richtete sie kokett ihre Mütze. Warwara hatte sie ihr zum Geburtstag geschenkt. Dass Maria sich immer so aufdrängen musste. Der Junge war bestimmt fünfzehn Jahre jünger als sie. Sie sollte sich lieber an Matwej Alexandrowitsch halten. Natürlich hatte Warwara beobachtet, wie Matwej ihre Tochter anschaute, und wäre Maria nicht so grenzenlos phlegmatisch, könnte sie in ihm eine gute Partie sehen. Er war ein Mensch mit Prinzipien und tiefen Gefühlen, dessen war sich Warwara sicher. Und da es in diesem

Land kaum noch Männer gab, die sich nicht zu Tode soffen oder lautstark ihre einfältigen Gedanken verkündeten, sollte man meinen, Matwej sei ein Juwel. Aber was sollte ein Juwel mit einem Kieselstein? Und natürlich hätte Maria ihrem flatterhaften Mann damals zu den Rentieren nachreisen müssen. An Marias Stelle wäre Warwara in den ersten Zug gestiegen, hätte den treulosen Gatten bei der Hand genommen und ihn nach Hause gebracht, damit er sich – wenn schon nicht um seine Frau – gefälligst um seine Tochter kümmerte. Aber Maria wollte ihm seine Freiheit lassen. Es gab keine Freiheit, dass das immer noch niemand begriffen hatte.

Warwara öffnete den oberen Knopf ihres Mantels und lockerte den Schal. Sie wollte nicht so über ihre Tochter urteilen. Es tat ihr weh, so zu denken. Und dies wiederum ließ sie wütend auf Maria werden. Diese immerwährende Bedürftigkeit. Alle Widrigkeiten hatte Warwara versucht, von Maria fernzuhalten. Vielleicht war genau das das Problem. Maria hatte nicht gelernt, für etwas zu kämpfen, für etwas einzustehen.

Warwara drückte sich fester an die Scheibe, weil das Ende der Teppichrolle, gehalten von vielen Händen, über den Köpfen vorbeigeschoben wurde.

Der junge Mann hatte sich von Maria abgewandt, und plötzlich hob Maria den Blick und schaute in Warwaras Richtung. Sie sah Warwara direkt an, zumindest sah es so aus, Maria lächelte. Der Bus fuhr weiter.

An der Haltestelle Erholungspark stieg Warwara aus. Wie oft war sie mit ihrem Kolja hier gewesen. Sie hatten auf der Bank gesessen und geplaudert. An Freitagen gab es Tanz in der Orangerie. Eines Morgens auf dem Weg zur Arbeit war er, noch mit ihrem Kuss auf den Lippen, einfach so, wenige Meter von der Haustür entfernt, umgefallen, auf den Bauch, mit dem Kopf auf das Pflaster. Und die Nachbarin, die ihn gefunden hatte, weil sie ihr Portemonnaie vergessen hatte und daher noch einmal umgekehrt war, die Nachbarin klingelte, und Warwara ärgerte sich, weil sie gerade den Kaffee aufgesetzt hatte. Sie ging zur Tür, und die Nachbarin stand da, bleich wie ein Gespenst, und Warwara dachte, um Himmels willen, was ist ihr denn passiert, etwas mit der Tochter, das war der erste Gedanke, denn die Tochter der Nachbarin trank viel und ungezügelt, und es wäre nicht das erste Mal, dass es schlimme Nachrichten wegen der Tochter gab. Aber um die Tochter ging es nicht. Dein Kolja liegt unten und atmet nicht mehr, hauchte die Nachbarin, und Warwara sagte, so ein Unsinn. Warwara schloss die Tür und setzte sich wieder in die Küche, um ihren Kaffee zu trinken. Sie trank den Kaffee mit Milch und Zucker, vielleicht aß sie auch einen Kringel, nur ihre Hand zitterte ein wenig.

Ihr Leben lang hatte sich Warwara Michailowna darin geübt, Bedrohlichkeiten jeder Art aus ihren Gedanken zu verbannen. Gleichzeitig wusste sie, dass sie nicht verschont werden würde, warum sollte ich denn verschont werden? Das Unglück würde kommen. Mit dem Tod von Kolja war das Unglück gekommen, und sie saß mit zitternden Händen in der Küche und trank ihren Kaffee, und die Nachbarin, die zunächst noch gegen die Tür gehämmert hatte, rannte in ihre Wohnung und rief den Krankenwagen, der schnell und mit viel Lärm kam, das konnte sie hören. Sie wusste, wenn sie sich erheben würde, wenn sie den Mantel anziehen und mit dem Fahrstuhl nach unten fahren würde, gäbe es kein Entkommen, und das Leben, so, wie es gewesen war, wie sie es geliebt hatte mit all seinen Widrigkeiten, wäre vorbei. Also schaltete sie das Radio ein, spülte ihre Tasse und lauschte der Stimme des Sprechers, die heiter verkündete, dass der Winter sich verabschiede und der Frühling am Wochenende viel Sonne bei noch niedrigen Temperaturen mit sich brächte. Sie wusste, dass, wenn sie mit dem Fahrstuhl nach unten führe, ihr Plan, am Wochenende endlich wieder zur Datscha hinauszufahren, um das Haus für den Frühling und den Sommer auf Vordermann zu bringen, hinfällig wäre.

Dieses Jahr, hatte Kolja gesagt, wird der Dachboden gestrichen.

Plötzlicher Herzstillstand lautete die Diagnose. Drei Monate später teilte man ihr mit, ihr Kolja habe dissidentische Ambitionen gehabt.

Sie wurde einbestellt. Sie wurde befragt. Einmal, zweimal, dann jede Woche. Immer um neun Uhr. Immer sorgfältig gekleidet und immer pünktlich saß sie dem Beamten gegenüber. Er knackte Sonnenblumenkerne. Mit Daumen und Zeigefinger nahm er die Kerne, schob sie zwischen die Zähne und knackte. Warwara konnte seine Zungenspitze hinter der unteren Zahnreihe sehen, den schmalen Ehering am Finger. Ihre Wohnung sei mit den zwei Zimmern viel zu groß für die alleinstehende Witwe eines Dissidenten, diese Wohnung stehe ihr nicht mehr zu.

Sie hatte Maria angerufen und gesagt, sie müsse die Wohnung abgeben. Sie werde wohl in eine Kommunalka am Stadtrand ziehen müssen. Du wirst selbstverständlich bei uns wohnen, hatte Maria nach einer langen Pause geantwortet, wir werden uns schon einrichten. Warwara konnte sehen, wie Maria die Augen schloss, als sie das sagte.

Warwara hatte nicht viel Gepäck. Ihre teuren Möbel, die sie zusammen mit Kolja angeschafft hatte, musste sie verkaufen. Zu jedem Käufer sagte sie: Wenn bessere Zeiten kommen, möchte ich meine

Kommode, meinen falschen Kamin, meinen Sessel wiederhaben, verstanden? Die Käufer verstanden es als Witz und erwiderten: Ja, wir hoffen alle auf bessere Zeiten.

Maria räumte eine Seite in ihrem Schrank frei, und Warwara richtete sich ein. Maria, ihr Mann Boris und die kleine Janka schliefen gemeinsam im großen Bett, und Warwara bekam das Sofa. Sie war es gewohnt, um zehn Uhr das Licht zu löschen und konnte es nicht leiden, wenn Maria für ihre Nachtlektüre die Leselampe brennen ließ. Eine allabendliche Streitigkeit.

Boris fügte sich weniger gut in das Zusammenleben. Er hatte die seltsamsten Einfälle, manchmal nahm er seine Campingmatte und rollte sie im Korridor aus, tat dies laut und polternd, was Maria jedes Mal zum Weinen brachte. Oder er machte es sich in der Badewanne bequem. Oft fand Warwara ihn und Maria am Morgen in der Küche, vergraben unter mehreren Decken lagen sie Arm in Arm unter ihrem Küchentisch.

Hör auf damit, würdest du sagen, Kolja. Aber wie kann ich damit aufhören? Du hast mir immer widersprochen, und das war gut. Jetzt gibt es niemanden mehr, der mir widerspricht. Doch, Janka widerspricht. Sie ist ein zorniges und kluges Mädchen. Warwara Michailowna fiel ein kleiner Ast auf den Kopf. Ich verstehe das als deine Zustimmung, Kolja.

Beim Ausgang des Erholungsparks betrat sie eine Telefonzelle. Aus ihrer Handtasche nahm sie Spiegel und Lippenstift und zog sich die Lippen nach. Die Farbe des Lippenstiftes erschien ihr eine Spur zu dunkel, was daran liegen mochte, dass sich der Himmel nach dem morgendlichen Sonnenschein zugezogen hatte. Mit dem Ringfinger tupfte sie ein wenig Farbe ab. Sie wählte und wartete. Eine Männerstimme meldete sich. Hallo?

Ich bin es.

Ich freue mich, Ihre Stimme zu hören. Haben Sie Sehnsucht nach mir, Warenka?

Ich hatte Sie doch gebeten, mich nicht Warenka zu nennen.

Ich erwarte Sie, Warwara Michailowna.

Ein wenig müssen Sie sich noch gedulden. Warwara hängt den Hörer auf die Gabel und verließ die Telefonzelle. Draußen schlug sie die Hände gegeneinander, ließ den Blick über die Straße schweifen und sagte: So.

14

Im Schaufenster von *Musik der Nationen* lagen ein Glockenspiel für Kinder, eine Trompete auf einem grünen Kissen und ein gefächerter Stapel Notenhefte. Die Gitarre war nicht da. Bestimmt war Pawel hier gewesen, hatte sie gekauft und war auf dem Weg zu ihr. Pawel hielt sein Wort. Bestimmt hatten sie sich gerade verpasst.

Aus der Menschentraube vor dem Lebensmittelgeschäft löste sich eine Gestalt, die ihrer Mutter ähnelte, schlenderte selbstvergessen die Straße entlang, als wäre sie rein zufällig dorthingeraten. Was spazierte sie hier herum? Sie wusste doch, dass der Kindergarten bald schließen würde. Oder hatte sie am Morgen versprochen, etwas für das Konzert einzukaufen? Oder hatte sie gesagt, dass sie einkaufen und dann Kroschka abholen würde? Vielleicht hatte sie auch gesagt, dass sie Kroschka nicht abholen würde. Was zum Teufel hatte Maria gesagt? Janka konnte sich nicht erinnern. Die Frau war um die nächste Ecke verschwunden. Janka wollte ihr nachlaufen, blieb aber stehen.

Wenn sie jetzt zum Kindergarten fuhr, würde sie

Pawel verpassen. Sie musste jemanden finden, der Kroschka abholte. Janka hetzte los. Die Liebermann und Matwej waren bei der Arbeit, die Karisen kamen nicht in Frage, aber vielleicht war der Kosolapij da, vielleicht hatte Ippolit Iwanowitsch Zeit.

Pawel stand nicht vor ihrer Haustür, und oben behauptete der Kosolapij, er erwarte Besuch. Immer noch außer Atem stand Janka im Korridor. Aus dem Zimmer von Matwej Alexandrowitsch hörte sie ein Geräusch. Sie klopfte an seine Tür, und nach einigem Rumoren erschien sein zerzauster Kopf.

Matwej Alexandrowitsch, so ein Glück Sie anzutreffen, ich brauche Ihre Hilfe.

Matwej schaute irritiert. Meine Hilfe?

Können Sie mir sagen, wann Sie den Professor zum letzten Mal gesehen haben?

Warum willst du das wissen? Will er sein Buch wiederhaben? Ich habe es noch hier, *Bulgakows Dramen und Komödien*, faszinierende Figur, dieser –.

Der Professor ist davongeflogen.

Hast du geklopft, um mich mit diesem Unsinn zu behelligen?

Gut, jetzt hörte er ihr zu. Sie erläuterte das Problem, dass die kleine Kroschka im Kindergarten darauf warte, abgeholt zu werden, Großmutter und Urgroßmutter beide verhindert seien, und sie selbst aus bestimmten Gründen zwingend an den Verbleib in der Wohnung gebunden sei, denn andernfalls drohten schicksalhafte Konsequenzen. Der Kindergarten sei nicht weit entfernt, Kroschka würde sich freuen, und er, der gütige Matwej Alexandrowitsch, würde ihr Leben retten, lebenslang würde sie seine Hemden bügeln und künftig das Bad innerhalb von fünf Minuten frei machen.

Matwej Alexandrowitsch besann sich nicht lange und sagte nur das eine Wort: Nein.

Janka stapfte in die Küche, schrie und jammerte, bis Matwej ihr hinterherkam und sagte, mein Gott, das ist ja ekelhaft, niemals hättest du das Kind bekommen dürfen, es ist für sein Leben gestraft mit einer Mutter, wie du eine bist. Er setzte Wasser auf den Herd, nahm eine kleine Schale aus hellgrünem Porzellan und öffnete den Kühlschrank, um ein Glas von Warwaras Marmelade herauszuholen und vier große Löffel davon in sein Schälchen zu füllen.

Janka lief hinaus, kehrte mit der Gitarre im Arm zurück und baute sich wieder vor Matwej auf. Sie ist kaputt.

Pietà mit Gitarre, sagte Matwej Alexandrowitsch und klapperte vernehmlich mit dem Wasserkessel, dann sagte er beiläufig, dieses Konzert heute Abend darf gar nicht stattfinden.

Das sagt wer?

Das Komitee.

Sind Sie neuerdings das Komitee?

Wenn du so willst.

Janka starrte vor sich hin, hob dann den Kopf, lächelte ihn an. Misstrauisch lächelte er zurück, denn es kam nicht oft vor, dass Janka freundlich zu ihm war. Das Konzert wird sowieso nicht stattfinden, denn ich werde nur diese vollkommen zerstörte Gitarre haben. Da Sie mir Ihre Hilfe verweigern, muss ich jetzt aufbrechen, um Kroschka vom Kindergarten abzuholen. In der Zwischenzeit wird ein Freund mit einer neuen Gitarre kommen, den Sie nicht hereinlassen werden, weil Sie niemanden hereinlassen. Er wird sich trollen und aus Gram irgendwo betrinken, und, statt als Ingenieur unsere Zukunft zu gestalten, wird es mit ihm ein schlechtes Ende nehmen.

Mir reicht es mit deinen Geschichten, sagte Matwej und schloss den Gashahn, obwohl das Wasser noch gar nicht kochte.

Wollen Sie einen Witz hören, Matwej?

Nein.

Die neueste Meldung: Heute musste wieder ein Generalsekretär aufgrund seiner gesundheitlichen Verfassung und, ohne das Bewusstsein wiedererlangt zu haben, seinen Posten aufgeben. Für seinen Nachfolger gelten folgende Anforderungen: Er muss in der Lage sein, sechs Schritte ohne Stock zu gehen, und er muss die Fähigkeit haben, drei Worte zu sagen, ohne zwischendurch –.

Gut, sehr gut, unterbrach Matwej säuerlich. Und

woher weißt du, dass der Genosse Generalsekretär gestorben ist?

Gestern habe ich beobachtet, wie sie sein Porträt in der Gorkistraße abmontierten. Als ich heute erneut dort vorbeikam, hing es wieder da, ein wenig schief, aber es hing. Ich möchte eine Wette mit Ihnen eingehen, Matwej Alexandrowitsch, wenn wir morgen nachsehen, wird das Porträt wieder verschwunden sein.

Lass mich in Frieden mit deinen Märchen. Seit wann interessierst du dich überhaupt für die Lage in unserem Land?

Ich frage mich, ob unser Land nicht einfach pleite ist.

Das fragst du dich also, du, die von den Geheimnissen der Ökonomie nichts weiß und nichts versteht.

Sie tragen einen gefährlichen Virus in sich, Matwej, den Virus der Überheblichkeit.

Ökonomisch scheitern kann man übrigens nur am Markt. Bei uns existiert aber kein Markt, verstanden? Was lutschst du da überhaupt?

Janka nahm einen Kirschkern aus dem Mund und hielt ihn Matwej Alexandrowitsch vor die Nase.

Woher nimmst du Kirschen? Es geht mich nichts an. Aber dir wird ein Baum aus dem Mund wachsen. Dieser Freund mit der Gitarre, von dem du gesprochen hast, was macht er beruflich?

Janka steckte den Kirschkern wieder in den Mund. Er ist Student, er schlägt sich durch.

Bei dem Wort *Student* schien es Janka, als würde Matwej noch grauer. Was ist Ihnen denn eigentlich über die Leber gelaufen, Matwej Alexandrowitsch?

Du verstehst nichts.

Aber zum Glück gibt es brave Bürger wie Sie, die mir alles erklären können. Zum Beispiel frage ich mich, warum Sie schon zu Hause sind? Geben Sie sich etwa dem Müßiggang hin? Müssten Sie um diese Zeit nicht noch bei der Arbeit sein? Das macht mich stutzig, und ich fürchte, ich muss es melden.

Ach, Kind, das würde niemanden interessieren. Ich bin ein uninteressanter Mensch.

Uninteressante Menschen gibt es nicht, das wissen wir doch von Jewtuschenko: Jedes Schicksal hat – planetengleich – Geschichte.

Ich ziehe mich nun zurück, ich habe zu tun. Mit diesen Worten erhob sich Matwej Alexandrowitsch. In der Tür drehte er sich noch einmal um und wies mit dem Kinn auf das Schälchen und die unberührte Teetasse. Räum es weg, Kind.

15

In seinem Zimmer nahm Matwej Alexandrowitsch einen kräftigen Schluck aus einer Flasche, die er hinter den Kästchen verwahrte. Im Korridor klingelte das Telefon, aber er dachte nicht daran, sich zu erheben, hinauszugehen und den Hörer abzunehmen. Was ging ihn das alles an? Janka war nicht seine Tochter. Als Matwej dieses Zimmer in der Kommunalka zugewiesen wurde, hatte er viele Pläne. Er wollte heiraten, ein Kind zeugen, ein guter Kommunist sein. Dann zog das junge Paar nebenan ein, dieser Boris – oh wie unangenehm ihm dieser Mensch vom ersten Augenblick an war – und Maria Nikolajewna. Matwej erkannte sie sofort und verspürte einen tiefvioletten Stich. Es schien, als lebten die schöne Maria und dieser Boris ausgezeichnet miteinander, was nur an ihrer Güte und Großzügigkeit liegen konnte. Saßen sie in der Küche, hörte Matwej, wie sie zusammen kicherten oder in Gespräche vertieft waren, denen er nicht das Geringste abgewinnen konnte. Maria Nikolajewna sprang alle Augenblicke auf, umschlang leidenschaftlich den eckigen Schädel von diesem Boris und bedeckte ihn mit Küssen, dass es Matwej schauderte.

Erst als Warwara Michailowna ins Zimmer des jungen Paares und der kleinen Janka einzog, machte sich Boris davon, was Matwej ihm, so grob und einfältig er ihn fand, nicht recht verübeln konnte. Es kam vor, dass Boris nachts an seine Tür klopfte und um Unterschlupf bat. Der Mann war verzweifelt.

Verzweifelt, sagte Matwej laut, und Gagarin zuckte zusammen, aber statt sich unter das Bett zu verziehen, sprang er mit einem Satz auf Matwej Alexandrowitschs Schoß und schnurrte laut. Matwej schob beide Hände unter Gagarins Brust, hob das Tier etwas an und legte seine Wange an das weiche Fell, massierte die fetten kleinen Pfoten, so wie Gagarin es gern hatte. Ach, mein Herz, was alle nur von mir wollen.

Ein albernes Kwartirnik, Opfer, die der Fortschritt nun einmal forderte, all das ging ihn nichts an. Niemand würde sich an einen toten Studenten erinnern. Der heutige Vorfall würde in die Vorfallkiste gepackt werden. Wo stand die Vorfallkiste? Er fühlte sich in der Falle. Alle hatten sich gegen ihn verschworen, das alles war sorgsam durchdacht und vorbereitet, um ihn seiner Täterschaft zu überführen. Niemand hat gesagt, Sie sind der Täter. Einen Täter gibt es, wenn ein Verbrechen geschieht, es hat aber kein Verbrechen stattgefunden, es war ein Unfall, wie oft soll ich das noch sagen, der Student hat das Formular nicht richtig gelesen, er hat das Formular falsch ausgefüllt, er hat verschwiegen, dass er ein Herzleiden hatte. Alles schön und gut, aber die Apparatur war falsch justiert, und dafür konnte der Student nichts, falsch oder richtig?

Matwej schaltete das Radio ein, und der Sprecher verkündete mit getragener Stimme den Tod von Konstantin Ustinowitsch Tschernenko. Damit war es heraus. Es war kurz vor fünf Uhr, dreizehn Uhr siebenundfünfzig Moskauer Zeit. Eine Geschichte ging zu Ende, eine andere begann.

Von Gagarins Haaren gekitzelt musste Matwej heftig niesen, unwirsch schob er den Kater von sich weg. Laut und deutlich sagte er das Wort: Strategie. Dann noch einmal: Strategie. Eine Form der Strategie war, die Kästchen neu zu ordnen. Sie aus ihrer gewohnten Position zu bringen, um sie dann mit frischem Mut neu zu sortieren.

Matwej beschriftete sorgfältig ein neues Holzkästchen: *Mensch / Worte / Gefühle*. Dann zog er Papier heran und notierte: Ich liebe Seen, Flüsse, Meer, Brunnen, Regen. Er faltete die Notiz, legte sie in das neue Kästchen und sortierte es in die obere Reihe, überlegte es sich dann anders und wählte die zweite Reihe darunter, schob es zwischen die Kästchen *Die Partei* und *Wohlstand*. Das Kästchen *Wohlstand* war nahezu leer, das sollte er ändern. Welchen Geruch hatte Wohlstand? Gab es einen Zusammenhang zwischen Wohlstand und einem Antonow-Apfel?

Willkürlich zog Matwej Alexandrowitsch ein anderes Kästchen aus dem Regal und las die Aufschrift *Datscha*. Es war ein gutes Kästchen. Darin lag auf einem Büschel trockenen Grases ein zerbrechlicher Grashüpfer. Das ehemals leuchtende Grün des Körpers war verblasst. Das Tier stammte aus dem Garten der Datscha von Warwara Michailowna und Maria Nikolajewna, wohin er sich regelmäßig träumte. Einmal hatte er einige Tage dort verbracht, hatte den Zaun repariert, bei der Apfelernte geholfen und war ansonsten müßig gewesen wie selten in seinem Leben. Wenn er dort erst gegen Mittag aus seiner Kammer kam, traf er die Damen, die beim zweiten Frühstück längst glühend in kleine Streitigkeiten verwickelt waren. Wenn Warwara Michailowna keine Aufgabe für ihn hatte, betrachtete er die Landschaft, oder er beobachtete dicke Käfer, wie sie geschäftig Halme erkletterten. Was ihn besonders erstaunte, war die Ernsthaftigkeit, mit der die Insekten vor und zurück, hinauf und hinunter zu krabbeln pflegten und dabei so taten, als hätte auch ihr Dasein eine tiefe Bedeutung. Und vielleicht hatte es das ja auch, wer wusste das schon. Die Spaziergänge mit Maria Nikolajewna durch Wiesen und Auen waren die schönsten Momente, wenn er sich dorthin zurückträumte. Das Gesicht zur Sonne gewandt, ging sie mit baumelnden Armen wie ein aufgeregtes Schulmädchen an seiner Seite und erzählte von ihren Sorgen, hatte mal diesen, mal jenen Gedanken und bewegte sie wie kleine Wölkchen mal in die eine, mal in die andere Richtung.

Heute im Museum hatte Maria Nikolajewna eine gesunde Gesichtsfarbe gehabt, als käme sie geradewegs aus diesem Traum, das stand ihr gut.

Noch einmal nahm er das Kästchen mit der Aufschrift *Liebe* aus dem Regal und steckte die Nase hinein.

Als er den Blick wieder hob und aus dem Fenster schaute, sah er ihn. Der junge Mann hetzte mit einem großen Koffer um die Lenin-Statue herum. Zutiefst erschreckt senkte Matwej den Blick und sog noch einmal den Duft aus dem Kästchen ein, hoffte, dass die Erscheinung verschwunden wäre, wenn er die Augen wieder hob. Aber der junge Mann war immer noch da, schleppte den Koffer, drehte seine Runden um das Monument. Sein Gesicht war aus der Entfernung nicht zu erkennen, trotzdem blieb kein Zweifel. Es war der Freiwillige, es war der Student, dessen Leben im Dienste der Wissenschaft um zwölf Uhr und sechzehn Minuten in rasender Rotation aus seinem Körper herauszentrifugiert worden war.

Mit einem Ruck erhob sich Matwej, richtete den Hemdkragen, stellte die Kästchen zurück ins Regal, nahm Mantel und Mütze und schritt aus dem Zimmer zur Haustür.

Janka!, rief er laut, ich gehe nun und werde dein Kind abholen, dann kannst du hier ungestört den Mond anheulen. Und zum zweiten Mal an diesem verhängnisvollen Tag verließ er das Haus. Zunächst steuerte er den Laden *Kinderwelt* an. Schokolade gab es nicht. Er wählte ein kleines Gummikrokodil. In der ganzen Stadt gebe es keine Schokolade, meinte die Verkäuferin. Sie machte eine schmerzliche Miene und zählte ihm das Wechselgeld hin, was ist das für ein Leben, in dem man auf Schokolade verzichten muss?

Matwej schaute ihr prüfend ins Gesicht. Aber verzichten müssen wir doch gar nicht, wir müssen nur geduldig warten, bis es wieder welche gibt.

Im Kindergarten hatte man längst die Stühle auf die Tische gestellt und fegte Krümel und Essensreste zusammen. Die kleine Kroschka saß vollständig angezogen auf einer Bank am Eingang. Matwej Alexandrowitsch stellte sich als Freund der Familie vor, aber die Kindergärtnerin musterte ihn skeptisch. Kennst du diesen Mann?, fragte sie Kroschka. Kroschka reagierte nicht. Die Kindergärtnerin zuckte mit den Achseln und sagte, ich kann Ihnen das Kind nicht geben, ich werde es melden müssen, die Mutter kümmert sich nicht, die Großmutter ist überfordert, einen Vater gibt es nicht, und wer Sie sind, weiß ich auch nicht. Matwej wich ihrem harten Blick aus, bemerkte aber ihre weich geschwungene Figur. Er räusperte sich, bückte sich zu dem Kind hinunter und sagte, Kroschka, wir kennen uns doch, was meinst du? Kroschka nickte und strahlte ihn an, so reizend, dass er das Gummikrokodil, das seine Hand in der Manteltasche umschloss, laut quieken ließ. Auch die Kindergärtnerin schien etwas besänftigt und beugte sich ebenfalls vor, wobei ihre hellblaue Pulloverwölbung Matwejs Ärmel streifte. Also gut, sagte sie. Hauptsache, das Kind kommt hier weg.

Vor der Tür überreichte Matwej Kroschka das Krokodil, band ihr die Wollmütze unter dem Kinn zusammen, knöpfte ihren Mantel zu, dann zogen sie los.

Geh nicht auf Zehenspitzen, Kind, tritt mit dem ganzen Fuß auf, ermahnte er Kroschka, die aber nicht verstand, was er von ihr wollte und ihn fragend anschaute. Ich meine es doch nur gut, sprach er weiter, wenn du immer auf den Zehenspitzen läufst, werden sich deine Füße nicht richtig entwickeln, und vielleicht willst du ja später Ballerina werden, und wie soll das mit krummen Füßen gehen? Überhaupt ist ein Leben auf schiefen Füßen ein erbärmliches Leben. Und nun müssen wir uns entscheiden, gehen wir auf unseren krummen Füßen oder nehmen wir den Siebzehner? Ich schlage vor, wir wählen Schusters Rappen.

Was die Amerikaner vom Mond übrig gelassen hatten, hing tief am Nachmittagshimmel. Es war noch kälter geworden, und wenn Matwej und Kroschka Pfützen überwanden, knackte eine dünne Eisschicht unter ihren Sohlen. Matwej brummte dabei und genoss, dass Kroschka glucksend lachte. Fortan wiederholte er das Spiel bei jeder Pfütze.

Er wählte den Weg durch den Erholungspark. Mit dem Kind an der Hand kam er nur langsam voran. Aber ohne zu murren, bewegte es die kurzen Beinchen, und ab und zu schaute Kroschka mit einem Blick zu ihm auf, den er nicht deuten konnte. Ihre kleine Hand lag feucht und warm in der seinen. Noch nie in seinem Leben hatte er die Hand eines Kindes gehalten, und er überlegte, ob es besser wäre, die kleine Hand zu drücken oder, im Gegenteil, die Finger gar nicht zu bewegen. Er entschied sich für ein leichtes, rhythmisches Drücken. Am Ufer des kleinen Teiches hockten untätig die Schwäne, und obwohl das Eis schon bedrohlich sang, drehten immer noch einige größere Kinder ihre Runden. Das zirpende Geräusch der Schlittschuhe drang herüber, und Matwej spürte sein junges Herz klopfen.

Alles tragen wir in uns, Kroschka, jede Landschaft, die wir durchstreifen. Matwej Alexandrowitsch bückte sich zu Kroschka hinunter und streckte die Zunge heraus.

Jetzt du.

Kroschka streckte auch die Zunge heraus. Ihr Gesicht war ganz nah, die Zunge klein und rund wie die einer Katze.

Na, komm weiter. Ich hoffe, du bist nicht hungrig.

Er war verlegen in Gegenwart des Kindes. Er überlegte, was er ihr erzählen könnte.

Willst du hören, was mir als junger Mann widerfahren ist?, fragte er und tippte Kroschka auf die Schulter. Sie reagierte nicht, weder mit einem Nicken noch mit einem Kopfschütteln. Gut, dann erzähle ich dir davon: Als Student hatte ich einen besten Freund, ich meine einen Freund, mit dem ich weinen und lachen konnte. Er war ein kluger Kopf, der ständig Pfefferminzbonbons lutschte. Alles hinterfragte er, sogar bezüglich der Schwerkraft hatte er Einwände, und brachte unseren Physikprofessor so weit, dass der sich selbst nichts mehr glaubte. In unserem letzten Studienjahr lernte er ein Mädchen kennen. Sie war fast zehn Jahre jünger als wir, und er schwärmte von ihr, von ihrem Geist, ihren Beinen, ihrem Haar, ihrer Haut, ihren Zähnen, es war kaum auszuhalten. Ich machte mir nichts aus Mädchen, sie waren mir egal. Es dauerte Wochen, bis ich diese neue Freundin endlich zu Gesicht bekam. Was soll ich sagen? Kennst du das Gefühl, eine Gasmaske falsch aufzusetzen? Genau, ich bekam keine Luft. So erschüttert war ich. Matwej Alexandrowitsch bemerkte, dass Kroschka nicht mehr neben ihm ging. Er blieb stehen und wartete, dass sie ihn einholte. Wir trafen uns zufällig. Sie kamen mir Hand in Hand entgegen, wir blieben voreinander stehen, mein Freund stellte sie mir vor, in meinem Kopf dröhnte es, ich hörte nichts von dem, was er sagte, starrte nur das Mädchen an. Es war eine Fügung, ein zufälliges Ereignis, nur ein Augenblick, der mein Leben verändern sollte. Matwej schloss die Augen, legte die Hände auf den Kopf und erinnerte sich. Weißt du Kroschka, sie war mager wie eine Bohne und hatte eine spitze Nase, aber ihr Blick war tief, mutig, offen. Ich wusste nicht, dass ein Mensch so schön sein kann. Ich stammelte vom Wetter, von den bevorstehenden Prüfungen und suchte das Weite, verkroch mich tagelang, litt im Stillen, hatte Fieber.

Vielleicht ist es lächerlich, dass ich mich in dieses Mädchen verliebte. Nichts wusste ich von ihr. Aber immerzu träumte ich von ihr: Ich trete in die Reihen vor meine Kameraden, und ich gelobe feierlich, meine Heimat leidenschaftlich zu lieben. Ihr rotes Halstuch legte sie nicht ab. Ihre weiße Haut und das rote Halstuch, dessen Spitze zwischen ihren Brüsten lag, hier entlang, Genosse.

Sag mal, Kroschka, wie alt bist du eigentlich? Sie zeigte ihm zuerst drei Finger, dann zehn. Weißt du, Kroschka, in meiner Verzweiflung begann ich, Gedichte zu schreiben. Ich dichtete über die Freiheit, die Natur und natürlich über die Liebe. Nach einigen Tagen besuchte mich mein Freund, er wollte wissen, warum ich mich gar nicht mehr blicken ließe, ob ich krank sei. Ich verneinte und verwies auf die nahende Abschlussprüfung, aber er glaubte mir nicht, er drang in mich, und schließlich gestand ich ihm unter Tränen, dass ich mich in den wenigen Minuten, die ich seine Freundin gesehen hatte, unsterblich in sie verliebt hatte. Mein Freund zeigte sich verständnisvoll, er sei froh, dass ich mich ihm geöffnet habe, denn ich trüge ja keine Schuld an meinen Gefühlsverwirrungen. Ich war so überwältigt von seinem Mitgefühl, dass ich ihm meine Gedichte zeigte, denn trotz aller Zweifel war ich überzeugt, dass die Welt auf meine Poesie wartete. Mein Freund war begeistert, er wollte die Gedichte in aller Ruhe lesen und nahm sie mit nach Hause. Später habe ich oft versucht, mich an seinen Gesichtsausdruck zu erinnern, denn es sollte das letzte Mal sein, dass ich ihn sah.

Einige Tage später wurde ich zum Komitee gerufen. Man teilte mir mit, ich sei wegen des Verfassens moralzersetzender Schriften exmatrikuliert, ich hätte einen halben Tag Zeit, mein Zimmer im

Studentenwohnheim zu räumen, ich sollte nach Moskau fahren, dort gäbe es eine Baustelle, auf der ich mich mit meiner Hände Arbeit innerhalb des Kollektivs bewähren könne. Man hatte mich denunziert. Weißt du, was das bedeutet, mein Kind? Mein bester Freund hat gesagt, ich sei ein schlechter Mensch, ich hätte Gedichte geschrieben, die mit der großen Idee nicht im Einklang stünden.

Ich packte meine Sachen und fuhr nach Moskau. Genossen Passagiere, unser Zug ist angekommen in der Hauptstadt unserer Heimat, der Heldenstadt Moskau. Wie ein Bahnhofsvorsteher rief Matwej: Mein Heimatland, mein Moskau, herrlich und stolz! Kroschka rief begeistert: Mein Moskau, mein Moskau!

Ich stand in der offenen Waggontür, nun steig schon aus, brüllte einer, der nächtelang neben mir im Gang gelegen hatte. Und ich stieg aus, und es schneite und die Laternen leuchteten gelb, und der weiße Wind fegte durch die Straßen, und ich stand auf dem Bahnsteig und dachte, was ich denn dort sollte, was sollte ich denn irgendwo?

Ich lebte in einer schäbigen Baracke und in vielen Nächten habe ich mich gefragt: Hast du etwas übersehen? Hast du einen schlechten Gedanken gehabt? Es gab sogar Momente der Dankbarkeit. Kannst du dir das vorstellen? Ich war dankbar, dass ich mein

Vergehen, von dem ich nicht einmal wusste, worin es bestand, büßen durfte.

Eines Nachts herrschte ein schrecklicher Sturm mit Blitz und Donner und Hagel. Zeus war richtig wütend. Matwej blies die Backen auf und klopfte mit den Fäusten auf seine Brust. Noch vor dem Morgengrauen stürzte der Vorarbeiter in die Baracke, seinen Namen habe ich vergessen, aber ich erinnere mich an sein rotes Haar und sein freundliches Gesicht. Aber an jenem Morgen war von Freundlichkeit nichts zu spüren, denn er bellte so laut, dass wir zunächst gar nicht verstanden, was los war. Es stellte sich heraus, dass der Sturm einen Teil der Fabrikhalle, die wir seit Monaten bauten, zerstört hatte. Der Wind hatte die Dachspanten wie Streichhölzer zerbrochen und fortgetragen. Und was denkst du, geschah dann? Wir fühlten uns schuldig. Wir konnten den Plan nicht erfüllen, also hatten wir schlecht gearbeitet, geschlampt, versagt. Und weißt du, was das Merkwürdigste war? Der Vorarbeiter sprach gar nicht von unserer Schuld, nein, wir selbst haben uns schuldig gefühlt, als hätte nicht der Sturm das Dach zerstört. Sondern wir. Verstehst du?

Ein Jahr später rief man mich zurück. Man hatte sich meiner hervorragenden Leistungen im Studium erinnert. Werden Sie mit uns zusammenarbeiten, wurde ich gefragt, und ich sagte, ja. Die Papiere, die man mir vorlegte, unterschrieb ich.

Matwej und Kroschka standen vor der Statue Wladimir Iljitsch Lenins, der mit gestrecktem Zeigefinger die Richtung des Fortschritts wies, aber Matwej schien es, als deute er heute auf einen fernen Punkt in der Vergangenheit. All das ist lange her. Aber wenn du meinst, in der langen Zeit wäre viel passiert, so irrst du dich. Es ist, als wäre die Zeit stehengeblieben. Stillstand in alle Richtungen. Bis heute.

Opa Lenin, sagte Kroschka.

Genau, mein Kind, Opa Lenin, das ist er. Du bist ein kluges Mädchen. Sicherlich hast du auch schon bemerkt, wie reich unsere Sprache ist. Du erlernst sie noch. Jeden Tag ein neues Wort, jeden Tag wächst die Welt. Aber schon bald entscheidest du dich für bestimmte Worte und für ihre Reihenfolge, und umgehend beschleicht dich die Furcht, dass es die falschen Worte in der falschen Reihenfolge sein könnten. Und dann kommt es noch schlimmer, du verlierst dich in den Worten, und du hast das Gefühl, dein Gedächtnis lasse dich im Stich. Weißt du, Kroschka-Kind, Nachlässigkeit ist das Wort, um das wir uns kümmern sollten. Meine Familie hatte einen Gemüsegarten hinter dem Haus, der sich allerdings in ein Gestrüpp von Faulbäumen und Ebereschen verwandelt hatte. Noch heute tritt mir die Schamröte ins Gesicht, weil ich mich nicht um den Garten gekümmert habe. Matwej Alexandrowitsch schaute angestrengt zum Himmel, als könne er dort die Antwort darauf finden, warum er sich in seinen Jugendjahren nicht um den Gemüsegarten gekümmert hatte.

Die beiden Taugenichtse, die sich früher am Tag über seine blutende Nase mokiert hatten, wankten über den Kiesweg. Verschwindet, rief Matwej Alexandrowitsch und fasste Kroschka fester bei der Hand.

Und ich sage dir, er ist es doch, sagte der eine zum anderen im Vorübergehen.

16

Janka öffnete das Küchenfenster, es schneite. Sie war nervös. Für wen das ganze Theater? Sie hatte Hunger. Auf dem Herd der Karisen stand ein großer Topf mit Reis und Huhn. Sie füllte ein Schälchen und strich die Masse im Topf wieder glatt. Der Reis schmeckte so gut wie alles, was die Karisen kochten. Bald würden die ersten Gäste kommen. Es konnte ja nichts passieren. Sie würde ihre Lieder singen. Und wenn man ihre Lieder nicht hören wollte – ja, was, wenn niemand käme? Wenn B. G. nicht käme? Was, wenn niemand käme, nur B. G.?

Es klingelte an der Tür. Es war Andrej, er kam in Begleitung von zwei Freundinnen, die beide Sina hießen, und einem Sascha, der vorgab, Journalist zu sein. Andrej habe ihm erzählt, dass der berühmte B. G. sich angekündigt habe, das wolle er sich nicht entgehen lassen.

Wir werden sehen, sagte Janka. Eben noch hatte sie gefürchtet, dass überhaupt niemand käme, jetzt gefiel ihr nicht, dass Andrej mit fremden Menschen in die Küche spaziert kam. Andrej umarmte Janka. Kriegen wir nichts zu trinken?

Sie wand sich aus seiner Umarmung, stellte eine Flasche Wodka auf den Tisch, vier Gläser, einen Teller mit Salzgurken. Dann stand sie da und verschränkte die Arme vor der Brust. Die eine Sina war nicht älter als sechzehn, hatte freche weiße Beine in durchlöcherten Strumpfhosen, die andere Sina tat intellektuell, verzog verächtlich den Mund und sah dabei ziemlich gut aus.

Janka, hast du Fliegenpilze gegessen, oder warum schaust du so psychedelisch? Andrej lachte über seinen Witz.

Was ist mit B. G.? Kommt er?, fragte Sascha.

Weiß ich nicht, sagte Janka.

Wir haben übrigens Pulverkaffee mitgebracht.

Sehr gut. Ich verziehe mich, ich will meine Lieder noch einmal durchgehen.

Janka, warte, rief Andrej, Sascha will Fotos von dir machen. Er schreibt etwas über dich.

Janka blickte ihn spöttisch an. In der *Prawda*?

Ich schreibe manchmal für den *Informierten Komsomolzen*, sagte Sascha etwas verlegen, aber ich weiß nicht, ob sie einen Artikel über ein Kwartirnik bringen werden.

Von mir aus, sagte Janka, stellte sich in Positur, kämmte sich mit den Fingern das Haar ins Gesicht und versuchte, besonders gelangweilt auszusehen, während Sascha an seiner Zenit herumstellte und Fotos machte.

Andrej saß mit den Sinas am Tisch und trank. Jetzt musst du das Interview führen. Sascha nickte ergeben, holte Notizbuch und Bleistift hervor, räusperte sich.

Ich sag mal so, die Musik war schon immer wichtig für dich, oder?

Ja.

Welche Band hat dich beeindruckt?

Viele.

Janka, du musst etwas erzählen, mischte sich Andrej ein. Ich habe die Sex Pistols schon gehört, bevor ich schreiben und lesen konnte, so etwas. Sascha setzte die Bierflasche vom Mund ab und nickte heftig, ja so etwas musst du sagen, das klingt gut.

Wo hast du das Bier plötzlich her?, fragte Andrej.

Hatte ich mitgebracht, willst du einen Schluck? Er gab Andrej die Flasche. Gut, nächste Frage: Wonach wählst du deine Texte aus? Sascha glotzte sie verträumt an, und Janka musste lachen, weil seine Ohren so schutzlos vom Kopf abstanden.

Andrej, tu den weg, der nervt.

Sascha, was ist los mit dir?, brauste Andrej auf. Kannst du keine halbwegs klugen Fragen stellen? Ihr macht mich fertig! Der Journalist stellt beschissene

Fragen, und die Künstlerin antwortet beschissen. Los, Sascha, nächste Frage.

Was ist dein Traum?

Andrej sprang auf und schlug Sascha mit der flachen Hand auf den Hinterkopf. Idiot, was faselst du denn von Träumen? Sie begannen eine Rangelei, hielten dann aber plötzlich inne und lauschten. Ganz hinten aus dem Flur kam ein langgezogener Ton. Was ist das?

Die Karisen, sagte Janka.

Andrej und Sascha waren mit der Antwort zufrieden und setzten sich wieder. Im Hinausgehen fragte Janka, hast du eine Ahnung, wo Pawel ist?

Pawel ist deine Baustelle.

Wieder klingelte es an der Tür. Es war nicht Pawel, es waren Emi, Kostja und noch ein paar Freunde von Andrej. Janka schickte sie in die Küche. Wenigstens ihre Dreckschuhe hätten sie ausziehen können. Sie ging wieder ins Zimmer und bemühte sich noch einmal, die Gitarre zu stimmen, da flog die Tür auf, Sascha schaute sich um, sah den Kassettenrekorder und nahm ihn. Im Hinausgehen sagte er: Bis du singst, wollen wir etwas Musik hören, das ist doch in Ordnung, oder?

Nimm mit. Nimm alles mit. Hier sind auch noch Aufnahmen von Viktor Tsoi, David Bowie, Graschdanskaja Oborona, Swin, DK. Noch was?

Es tut mir leid wegen des verpatzten Interviews.

Schon gut. Hier hast du dein Interview: Woran erinnern Sie sich, Janka? Lassen Sie mich überlegen – ich erinnere mich an ein Leben, das ich nie gelebt habe und von dem ich hoffe, dass es noch vor mir liegt. Wenn Sie vor Publikum singen, was empfinden Sie? Es ist wie ein Traum. Sind Sie auf der Bühne Sie selbst? Was soll das sein, ich selbst. Woher kommt die zerstörerische Kraft in Ihren Liedern? Ich schöpfe meine Kreativität aus der Zerstörung, ich räume mit dem Gefühlsdreck auf. Und die Liebe? Ja, die gibt es wohl. Waren Sie noch nie verliebt? Ich bin ständig verliebt, aber ich mag es nicht, verliebt zu sein. Warum? Keine Zeit. Die Welt liegt Ihnen zu Füßen, alle warten auf Ihre nächste Platte. Schlussakkord.

Leider konnte ich jetzt nicht mitschreiben, sagte Sascha und wies mit dem Kinn auf den Kassettenrekorder, den er mit beiden Händen vor dem Bauch festhielt.

Mach die Tür richtig zu, rief sie ihm hinterher.

Wieder klopfte es. Ich hasse es, rief Janka und schlug gegen die Wand. Pappe, alles Pappe!

Sina, die kleine, kam vorsichtig herein. Andrej schickt mich. Es sind schon zehn Leute da, er meint, du könntest jetzt anfangen.

Sag Andrej, ich komme gleich. Sag ihm, in der

Kiste unter dem Fenster sind noch ein paar Flaschen. Und jetzt verschwinde.

Sina verharrte in der Tür. Geht es dir nicht gut?

Es geht mir blendend.

Andrej hat von dir geschwärmt. Er hat gesagt, dass du einmalig bist.

Hat er das? Woher kennst du Andrej überhaupt?

Wir organisieren zusammen den Austausch der Völker mit der Universität.

Machst du Witze? Welche Völker?

China, Eritrea, Botswana, Syrien.

Und was genau macht Andrej bei diesem Projekt?

Er gestaltet Flugblätter. Er zeichnet so schön.

Andrej zeichnet so schön?

Ja, er hat kommunistische Kokosnüsse gezeichnet.

Janka brach in Lachen aus. Das gefällt mir. Du magst Andrej, nicht wahr?

Sina nickte ernst. Kennst du ihn gut?

Das ist eine lange Geschichte.

Sina traute sich zwei Schritte weiter ins Zimmer, was ist mit Andrej? Woher kennst du ihn?

Früher trafen wir uns oft an einer Badestelle am Fluss. Eines Tages brachte Pawel ihn mit. Pawel sagte, Andrej sei ein guter Typ, Musiker wie ich, den müsse ich kennenlernen. Aber Andrej stand nur herum, sprach mit niemandem, trank, rauchte, schaute blasiert in die Gegend. Im Nachhinein habe ich mich oft gefragt, warum Pawel unbedingt wollte, dass ich ihn kennenlernte.

Und weiter?

Nichts. Andrej griff sich meine Gitarre und sang ein paar Lieder. Alle saßen um ihn herum und bewunderten ihn. Aber Andrej ist einer, dem das Leben egal ist. Er denkt: Ich bin frei, und ihr seid es nicht. Kapiert?

Sina trat den Rückzug an. Nach ein paar Sekunden machte sie die Tür wieder auf und sagte, möchtest du ein Kunststück sehen? Sie ging auf Janka zu und machte mit den Händen Bewegungen, als würde sie Wasser abschütteln, riss dabei die Augen auf, und als sie ganz nah vor Janka stand, pustete sie ihr ins Gesicht und holte eine Glasmurmel hinter Jankas Ohr hervor. Sina steckte die Murmel in die Tasche ihrer Jeans und ging.

Bravo!, rief ihr Janka hinterher.

Andrej hatte sie gefragt, gehörst du irgendwo dazu? Statt zu antworten, bat Janka um eine Zigarette, und er gab ihr seine. Dann ging er einfach los, am Ufer entlang, und sie trottete ihm nach, holte ihn ein, und sie gingen schweigend Seite an Seite. Nicht einmal ihren Namen wollte er wissen. Irgendwann hielt sie das Schweigen nicht mehr aus und sagte, nein, ich gehöre nur zu mir.

Als sie von ihrem Spaziergang zurückkamen,

drückte Pawel Andrej ein neues Bier in die Hand und zog ihn beiseite. Stundenlang saßen sie auf einem Stück Treibholz. Sie war eifersüchtig. Andrej war so unabhängig, so lässig. Und Pawel hing an seinen Lippen.

Sie ging schwimmen, ließ sich treiben. In der Kälte des grünschwarzen Wassers spürte sie ihre feste Haut, das hart schlagende Herz in der Brust. Wer würde diese Brust berühren, welches Abenteuer wartete auf sie? Ohne zu wissen warum, empfand sie ein fast schmerzhaftes Glück.

Sie schwamm zum Ufer, Pawel trug sie aus dem Wasser, sie war die Königin, wurde hofiert und mit Schaschlik gefüttert. Dann lag sie im Gras, im Mund noch den Geschmack verbrannter Zwiebeln, die Sonnenstrahlen zitterten in den Zweigen. Spielt jemand mit mir Federball? Emi hatte irgendwelche Kräuter geraucht und lachte nur, fand alles lustig, sogar die rostigen Konservendosen, die Kostja wie ein Kleinkind mit Sand füllte und wieder auskippte. Pawel erklärte Andrej die Welt und schaute nur kurz auf. Aber Andrej sagte, ich spiele mit dir. Sie reichte ihm wortlos einen Schläger.

Andrej spielte gut, sie spielte besser. Von Mal zu Mal schmetterte er fester und aggressiver, aber sie holte sich jeden Ball. Pawel schaute zu und grinste stolz, als wäre es sein Verdienst, dass sie gut Federball spielte. Andrej bekam einen roten Kopf und schwitzte, und Janka wusste, er würde so lange spielen, bis sie nachgab. Aber sie gab nicht nach, sie rannte, sprang und beförderte jeden Ball mit fiesem Pfeifen quer über die Badestelle. Pock – Pfiff – Pock – Pfiff. Schließlich ließ Andrej den Schläger sinken, fing mit der freien Hand den Federball und sagte: Du bist zu gut für mich. Er ließ Ball und Schläger fallen, zog sich aus und stürmte ins Wasser. Alle schauten ihm nach, und Janka war sicher, dass er das wusste. Pawel suchte ihren Blick, aber sie schaute weg. Da zog sich Pawel auch aus und folgte Andrej. Janka trank Schnaps und beobachtete die beiden nackten Körper. Andrej und Pawel bespritzten sich mit Wasser, in der Ferne fuhr ein Boot. Der Schnaps brannte.

Sie stand auf und ging hinüber zum Wäldchen, legte sich auf den moosigen Boden und lauschte dem Gesang der Vögel und Grillen. Auch sie stimmte ein Lied an, aber es klang laut und falsch. Sie schloss die Augen und träumte, dass Schlaf sie bereits umdunkelte, sie träumte, umschlungen zu sein und umhüllt vom Geruch nach trockener Sommererde, nach Wermut und Kiefern, nach Wein und Zigaretten, sie träumte von Küssen. Heiße, kalte, nasse, bohrende, dringende, vertane Küsse.

Als sie die Augen wieder öffnete, war der Mond eine dürre Sichel. Sie musste pinkeln, hockte sich ins hohe Gras, kicherte, weil es pikste, wegen des

Rauschens in ihrem Kopf und weil Pawel sie nicht sah. Er stolperte über sie und schrie erschrocken auf. Sie bekam sein Hosenbein zu fassen und zog daran. Wenn du fliehen willst, so fliehe ohne Hose! Pawel fiel und strampelte, sie kitzelte ihn, sie lachten und wälzten sich in Sand und Kiefernadeln, bis ein riesiger Bär sich drohend gegen den Nachthimmel erhob. Sie sprangen auf, rannten, stolperten über Äste und Wurzeln, hielten atemlos inne. Janka, bist du noch da? In die Dunkelheit tastend drehte sich Pawel um sich selbst, war plötzlich allein im Wald, suchte sie. Und Janka, hinter einem Baum versteckt, wurde zum Waldkauz, flatterte und schrie, wartete mit klopfendem Herzen. Lass das, Janka. Der Bär verwandelte sich in Andrej, der nur wenige Schritte entfernt auf der Lichtung stand, einfach nur stand und schön war und sich eine Zigarette anzündete, das Streichholz erhellte für Sekunden sein Gesicht. Niemand sagte etwas, bis Andrej mit leiser hoher Stimme zu singen begann, keine Worte, nur Laute, die sich mit dem Rascheln der Blätter, dem Kanon von Wind und Wasser mischten. Andrej, flüsterte Pawel, flüsterte Janka, Andrej. Pawel nahm seine Hand, zog ihn zu sich, und Janka, ein wenig verlegen, betrachtete die ineinander verschlungenen Körper, Münder, die sich suchten und fanden, Hände, die irrten und ruhten.

War es Pawels oder war es Andrejs Hand, die

nach ihr griff, nach ihrem Arm, in ihr Haar, die zog und zerrte? Sanft verbog sich ihr Hals, ja, es schmerzte, aber es war ein süßer Schmerz. Jemand biss ihr in die Schulter, jemand atmete heiß in ihren Nacken, jemand griff nach ihrer Brust. Sie spürte die scharfe Kante des abgebrochenen Backenzahns im fremden Mund, das Gewicht der Körper. Jemand hielt ihr den Mund zu. Sie versuchte, in die Hand zu lachen, sie versuchte, es lustig zu finden, denn es war ja aufregend, das Pochen, das Keuchen, so viele Kiefernnadeln, die sich in ihre Haut bohrten, die sie morgen bestimmt überall finden würde.

Im warmen Licht der Morgensonne stand sie auf, balancierte auf dem Stamm einer umgestürzten Kiefer, eine lange Gerade, mindestens dreihundert Werst, eine Linie zwischen hier und dort.

17

In Gedanken versunken vertrödelte Maria Nikolajewna ihren Heimweg, sie nahm den Umweg durch den Erholungspark und malte sich aus, dass sie sich ein Kostüm nähen lassen würde, einen schmalen Rock mit zwei Falten, dazu ein tailliertes Jäckchen, am liebsten in kräftigem Rot. Ihre Mutter würde sich ärgern. Diese Farbe steht dir nicht, du siehst aus wie eine riesige Kirsche. Sie sah sich in diesem Kostüm bei der nächsten Betriebsversammlung auftauchen: Ich brauche Ferien, meine Herrschaften, ich möchte nach Abchasien. Wer stimmt dafür, wer stimmt dagegen? Alle würden zustimmen, schon nächsten Monat würde sie reisen. Janka würde sich selbst um Kroschka kümmern müssen, sie aber würde an der Strandpromenade flanieren und am Abend mit verschiedenen Herren Domino spielen. In einer Modezeitschrift hatte sie gesehen, dass man jetzt Turbane trug, so einen würde sie auch tragen. Jeder Tag würde Glück versprechen. Morgens ein Omelette, mittags in der Cafeteria Torte und abends Wein und Tango unter Palmen.

Gleich hinter der Lenin-Statue bemerkte Maria zunächst nur die ungleichen Silhouetten im Schneegestöber, und als sie näher kam, erkannte sie Kroschka und Matwej. Ein eisiger Schrecken überfiel Maria, hätte sie heute, am Tag von Jankas Konzert, das Kind abholen müssen? Sie hatte Kroschka vergessen. Das Kind hockte am Boden und beschäftigte sich mit Steinchen, die es aus schmutzigen Schneeresten ausgrub und sorgfältig nebeneinanderlegte.

Matwej Alexandrowitsch, was machen Sie denn hier? Kroschka wird sich erkälten, wenn Sie um diese Zeit noch mit ihr hier draußen herumstreunen. Kroschka, nicht die Erde in den Mund nehmen!

Schuldbewusst nahm Matwej das Kind auf den Arm. Wir haben uns sehr gut unterhalten, nicht wahr, Kroschka? Er zog ein Taschentuch hervor, um ihr die Nase zu putzen.

Opa Lenin, sagte Kroschka und streckte die Hände nach Maria aus.

Warum haben Sie denn nicht den Bus genommen?

Ich wollte der kleinen Kroschka die Enge und den Geruch ersparen. Ich dachte, die frische Luft täte ihr gut.

Wie kommt es überhaupt, dass Sie mit dem Kind unterwegs sind? Sollte ich mich über Janka ärgern, dass sie Ihnen die Verantwortung für Kroschka aufgebürdet hat?

Bitte ärgern Sie sich nicht, Ihre Tochter hatte andere Verpflichtungen.

Maria Nikolajewna fragte lieber nicht, welche Verpflichtung Janka gehindert hatte, Kroschka vom Kindergarten abzuholen. Stattdessen fragte sie: Möchten Sie ein Würstchen? Matwej Alexandrowitsch nahm dankend an. Mit vollem Mund fragte er, was haben Sie denn alles in Ihrer Tasche? Sie zog die neue Bluse hervor.

Sie werden umwerfend darin aussehen, liebe Maria Nikolajewna.

Danke, Matwej.

Ganz Paris würde Sie beneiden.

Nur meine Mutter darf die Bluse nicht sehen.

Sie werden Warwara Michailowna die neue Bluse nicht zeigen?

Nein, das werde ich nicht, denn meine Mutter zieht heimlich meine Kleider an.

So etwas tut Warwara Michailowna? Aber warum bloß?

Sie denkt, ich bekäme es nicht mit, aber ich kann sie an meiner Kleidung riechen. Das ist sehr unangenehm. Ich habe schon Angst, mir etwas Neues zu kaufen.

Das dürfen Sie sich nicht gefallen lassen.

Ich kann Ihnen noch ganz andere Geschichten über meine Mutter erzählen, Matwej.

Vielleicht nicht heute, sagte er leise.

Gut, Matwej. Dann gehen wir jetzt nach Hause, was meinen Sie?

Ja, gehen wir nach Hause.

Es schneite jetzt noch stärker, und Maria blinzelte. Ob es noch einmal richtig Schnee geben wird? Eigentlich habe ich den Winter satt, aber der Schnee versetzt einen doch immer wieder zurück in die Kindheit. Mit dem Schlitten oben auf dem Hügel, fahr doch, so fahr doch, rufen alle. Aber ich konnte nicht, klammerte mich an meinen Schlitten, presste die Lippen aufeinander und starrte in den weißen Abgrund. Die anderen Kinder lachten und schnauften, wenn sie schon wieder rotwangig den Hügel erklommen, um sich sofort wieder kreischend in die Tiefe zu stürzen. Und dann ein Schubs, und ich flog. Sekunden später saß ich zitternd am Fuß des Hügels auf meinem Schlitten und fragte mich, ob dies das Glück war, und ich fragte mich, ob ich dieses Glück wiederholen wollte, aber wieder blieb ich einfach sitzen und genoss noch einen Augenblick die sanfte Stille im Kopf. Es gibt eine kleine Erzählung von Tschechow –

Ja, der Schnee, fiel Matwej Alexandrowitsch ihr ins Wort und schüttelte versonnen den Kopf, wie eindrücklich Sie davon erzählen können. Um noch einmal auf Ihre verehrte Mutter zu kommen –, wir könnten Schritte gegen sie unternehmen.

Wie meinen Sie das? Maria Nikolajewna blieb stehen und schaute ihn verwundert an.

Nun, Matwej Alexandrowitsch räusperte sich, ich verfüge über Kenntnis besonderer Methoden.

Was für Methoden?

Wirksame Methoden zum Umgang mit gewissen Fakten und Informationen.

Gegen meine Mutter?

So ist es.

Die sentimentale Stimmung, die Verbundenheit waren jäh verflogen und hatten einem unangenehmen Gefühl der Peinlichkeit Platz gemacht.

Sie wollen Schritte gegen meine Mutter unternehmen?

Es könnten klitzekleine Schritte sein, sie würde es kaum merken.

Würden Sie mir ein Beispiel nennen?

Matwej Alexandrowitsch war so begeistert von seiner Idee, dass er das böse Funkeln in den Augen Maria Nikolajewnas nicht bemerkte. Ein Beispiel, warten Sie.

Ich warte, Matwej. Welche Schritte möchten Sie gegen meine alte Mutter unternehmen?

Warwara Michailowna ist gar nicht so alt. Ich schätze, sie ist nur wenig älter als ich selbst, oder würden Sie mich als alt bezeichnen?

Lenken Sie nicht ab. Welche Schritte wollen Sie gegen meine geliebte Mutter unternehmen?

Es geht darum, sie einzusortieren, in einen Karteikasten zum Beispiel. Nehmen wir den Fall, Warwara Michailowna bedient sich an Ihrer Garderobe. Das legen wir bei Z für *Zudringlichkeit* ab oder unter U für *Unerwünschtes Odeur*. Aber Warwara Michailowna kocht auch eine hervorragende Hühnersuppe, das können wir unter A für *Angenehm*, unter W für *Wohlschmeckend* oder *Warmer Bauch* einordnen. Wir könnten Warwara Michailowna zusammenfalten, grübelte Matwej, wie ein Stück Papier. Dann legen wir sie in eine Schublade, und irgendwann werden wir vergessen haben, welche Schublade es war, in die wir Ihre werte Mutter gelegt haben.

Maria Nikolajewna wusste nicht, ob sie laut losprusten oder ob sie Matwej Alexandrowitsch eine saftige Ohrfeige verpassen sollte. Sie nahm Kroschka fester an die Hand und ging schnellen Schrittes voran. Dabei murmelte sie, dass Sie sich nicht schämen, Matwej.

Warten Sie!, rief Matwej und lief ihr hinterher. Wir könnten das Papierchen auch verbrennen! Wenn Sie wollen, esse ich es auf!

Maria Nikolajewna blieb stehen, sah Matwej fest in die Augen und musste nun doch lachen. Sie wollen meine Mutter aufessen?

Sehen Sie, ich habe Sie zum Lachen gebracht, liebe Maria, wie mich das freut. Wollen wir uns auf die Bank setzen?

Lieber Matwej, wir befinden uns in einem Schneesturm, und Sie wollen sich setzen?

Mir ist ganz warm. Frieren Sie?

Nein, aber das Kind muss ins Bett. Wir gehen nach Hause.

Matwej Alexandrowitsch musste Kroschka tragen. Erstaunt bemerkte Maria Nikolajewna, wie das Kind die Arme um den Hals des Mannes schlang, und es war ihr, als hätten sie nicht die Kommunalka zum Ziel, sondern ein Stückchen Zukunft.

Als sie das Haus erreichten, war Kroschka auf Matwejs Arm eingeschlafen. Sie betraten die Wohnung, Zigarettenqualm und Lärm schlugen ihnen entgegen. Der Flur war voller Menschen, nur Janka war nirgendwo zu sehen. Sie ist in ihrem Zimmer, sagte einer, der eine große Leinwand bemalt mit einer Flusslandschaft durch den Korridor schob, sie probt immer noch.

Dann wollen wir sie nicht stören, sagte Maria Nikolajewna. Was meinen Sie, Matwej, würden Sie Kroschka und mir wohl für ein Stündchen Unterschlupf bieten? Es sieht aus, als wären wir im Moment etwas heimatlos, denn in der Küche ist es laut und verraucht, und ich fürchte, das Kind könnte sich erschrecken.

Matwej Alexandrowitsch schien nicht recht zu begreifen, was sie von ihm wollte, denn er schaute sie mit zusammengekniffenen Augen an. Endlich hellte sich sein Gesicht auf. Selbstverständlich, treten Sie ein und verzeihen Sie die Unordnung. Fühlen Sie sich auf meinen sechseinhalb Quadratmetern ganz heimisch.

In all den Jahren hatte Maria Nikolajewna vielleicht einmal einen Blick in dieses Zimmer riskiert, aber sie hatte sich nie getraut hineinzugehen. So viel Anstand musste sein. Nun konnte sie keinerlei Unordnung erkennen, ganz im Gegenteil schien alles seinen Platz zu haben, alles war blitzblank geputzt. Der Kater Gagarin lag zusammengerollt auf dem Bett und öffnete ein Auge. Das Tier war ihr nicht sympathisch.

Matwej tänzelte etwas verlegen herum und lud sie dann ein, Platz zu nehmen – auf dem Holzstuhl, auf den er der Bequemlichkeit halber ein Kissen legte. Maria nahm Kroschka auf den Schoß, und Matwej ließ sich auf dem Bett neben Gagarin nieder, der sofort laut zu schnurren begann.

Katze, sagte Kroschka. Sie war aufgewacht.

Ich kann Ihnen nicht viel anbieten, vielleicht einen armenischen Cognac?

Unbedingt, Matwej.

Maria Nikolajewna lehnte sich zurück, schwenkte den Cognac im Glas, schloss die Augen und sagte, ist das Leben nicht schön? Dann öffnete sie die Augen wieder und seufzte, das sage ich manchmal so vor mich hin und glaube mir das dann auch. Wirklich Matwej, ich lebe gern auf dieser Welt.

Warum sollte ich daran zweifeln?

Weil ich mich so bitter über meine Mutter beklagt habe. Dabei ist sie einsam und allein. Ich schimpfe über unsere Kommunalka, und natürlich mache ich mir Sorgen um Janka. Dabei ist sie eine so kluge, junge Frau. Sie begreift alles, was sie sieht und hört. Maria Nikolajewna machte eine bedeutungsvolle Pause, als horche sie in sich hinein, ob sie selbst ebenso begriff, was sie sah und hörte. Diese Frage schien ihr aber zu kompliziert, und sie war sich auch nicht sicher, ob sie alles begreifen wollte, was es zu sehen und zu hören gab. Aber etwas ist nicht in Ordnung, fuhr sie mit flehender Stimme fort, ich spüre es. Als Mutter spüre ich es. Aber was soll ich tun? Maria Nikolajewna tätschelte Kroschkas Kopf.

Sie können nichts tun.

Aber ist es nicht schrecklich?

Ja, es ist schrecklich.

Ein Scheißleben haben wir.

Gerade sagten Sie noch, wie schön das Leben sei.

Ach Matwej, Sie sind ein Kauz. Manchmal, Matwej, kann ich nicht unterscheiden, was in meinem Leben – wie ich etwas tue und entscheide – wahr oder gelogen ist. Verstehen Sie? Heute tue ich etwas, oder ich denke einen Gedanken, der Gedanke setzt sich in mir fest, und morgen begreife ich schon nicht mehr, was ich getan oder was ich gedacht habe. Manchmal schon einen Moment später. Ich habe das Gefühl, ich vergeude meine Kräfte mit Unsinn.

Von welchen Kräften sprechen Sie, liebe Maria Nikolajewna?

Von welchen Kräften? Nun, von meinen Kräften. Oder meinen Sie, ich hätte keine Kräfte?

Sie sollten nicht so tief in sich hineinschauen. Noch einen Cognac? Dass die Menschen immer noch nicht verstanden haben, dass persönliches Glück ohne Allgemeinwohl nicht möglich ist.

Aber wir alle sind doch zunächst an unserem persönlichen Glück interessiert, Matwej.

Sie haben etwas grundlegend falsch verstanden. Tschernyschewski zeigt uns mit Vera Pawlowa, dass unter der Herrschaft der Umstände nicht jeder Kürbis überleben wird und dass nicht jeder Kürbis ein besseres Leben verdient. Es handelt sich um eine Utopie.

Vielleicht bin ich nicht klug genug, Sie zu verstehen, Matwej, aber mir scheint, Sie widersprechen sich selbst. Ich will mit Ihnen auch nicht über Vera Pawlowa streiten. Sie kennen Tschernyschewskis Werk bestimmt viel besser als ich. Außerdem – welcher Kürbis?

Kroschka ließ sich von Marias Schoß gleiten, steuerte zielsicher auf das Regal zu und zog eines der Kästchen heraus. Matwej Alexandrowitsch beobachtete mit starrem Blick, wie Kroschka das Kästchen mit der Aufschrift *Unbrauchbare Stifte* auf den Boden ausschüttete und einen Teil des Inhalts unter dem Teppich verschwinden ließ. Maria Nikolajewna machte Anstalten aufzuspringen, um das Spiel zu unterbinden, aber Matwej hielt sie zurück. Lassen Sie das Kind ruhig spielen. Es sind doch nur alte Stifte.

Sie sammeln Stifte, die kaputt sind?

So würde ich niemals über diese Unikate sprechen. Sehen Sie zum Beispiel diesen Kugelschreiber, mit dem sich Kroschka gerade eingehend beschäftigt, denn auch sie scheint die Schönheit dieses Gegenstands wertzuschätzen. Es handelt sich um einen roten Kugelschreiber, dessen Mine zwar fehlt und der somit unbrauchbar ist, würde man aber die Mine ersetzen, was ich mir schon seit langer Zeit vornehme, wäre er wieder völlig intakt und mehr noch – glänzend und wunderschön. Sehen Sie, der Kugelschreiber ist von einem tiefen Rot und von eleganter, schlanker Form. Ich habe ihn im vergangenen Jahr kurz vor den Maifeiertagen auf dem Weg zur Arbeit unter einem Sitz im Siebzehner Bus gefunden.

Maria Nikolajewna betrachtete Matwej Alexandrowitsch und war gerührt und gleichzeitig ein wenig fassungslos. Ich wüsste zu gern, wie Sie in jungen Jahren gewesen sind, Matwej.

Ich habe geglüht und habe mich morgens nach dem Tag und abends nach der Nacht verzehrt. Ich, wissen Sie –. Matwej Alexandrowitsch hielt inne.

Warum sprechen Sie nicht weiter?

Weil ich davon überzeugt war, Maria Nikolajewna, Sie würden mich nicht aussprechen lassen, da Ihnen doch zu viele verschiedene Dinge im Kopf herumschwirren. Ist es nicht so?

Ich bitte Sie, sprechen Sie weiter, Matwej.

Er räusperte sich. Nun –, setzte er an, stockte aber wieder und beobachtete Kroschka, die gerade ein weiteres Kästchen, jenes mit den Zeitungsausschnitten zum Thema *Revolution*, aus dem Regal gezogen hatte und die sorgfältig gefalteten Papiere auf dem Fußboden verteilte.

Wissen Sie, Matwej, schon jetzt denke ich mit Bedauern an diesen Moment hier in Ihrem Zimmer. Kroschka, die selig mit Ihren Kästchen spielt, und wir in ein Gespräch vertieft. Und gleich schon wird es vorbei sein. Ich könnte weinen.

Weinen Sie ruhig.

Um Himmels willen, ich weine nicht so leicht. Da muss mich schon etwas sehr treffen. Ich kann mich nicht erinnern, wann ich das letzte Mal geweint habe. Ich habe die Angewohnheit zu weinen, wenn ich ein wehmütiges Lied höre oder einen bewegenden Film sehe, aber wenn etwas wirklich unangenehm ist, dann weine ich nicht.

Was tun Sie dann?

Ich esse etwas. Ich gehe schlafen. Ich schimpfe mit jemandem. Ich kaufe mir etwas zum Anziehen. Ich tausche etwas ein. Ich sage mir, reiß dich am Riemen, morgen ist es wieder gut.

Ich verstehe, dann haben Sie ja einige hilfreiche Strategien. Dabei habe ich aber manchmal das Gefühl, dass Sie einsam sind. Und ich frage mich, warum eine Frau – verzeihen Sie mir meine Direktheit – von so einer Statur und mit solch ebenmäßigen Zügen, so elegant und so klug, einsam ist.

Ach Matwej, in welcher Ecke meines Zimmers sollte ich denn einsam sein?

In Ihrem Herzen vielleicht.

Sie sind in pathetischer Stimmung. Vielleicht liegt es am Tod unseres Generalsekretärs. Das scheint Sie in der Tat sehr mitzunehmen. Und mir, wenn ich ehrlich bin, ist alles gleich.

Matwej Alexandrowitsch nahm Kroschka sanft die getrocknete Heuschrecke aus der Hand, die sie aus dem Kästchen mit der Aufschrift *Datscha* genommen hatte, um erst die Flügel und dann die Beinchen eines nach dem anderen auszureißen. Er legte den Rumpf des Insekts vorsichtig auf den Schreibtisch. Unterdessen hatte Kroschka ein Kästchen mit Bonbons entdeckt. Maria Nikolajewna wollte Kroschka die Bonbons aus der Hand nehmen, aber Matwej hielt sie zurück.

Lassen Sie das Kind, diese Bonbons habe ich nicht gefunden, sondern kürzlich gekauft. Kroschka, gib mir doch auch ein Bonbon. Matwej und Kroschka lutschten Bonbons, und der Raum füllte sich mit Pfefferminzduft.

Es roch nach dem Sommer mit Valentin. Als Maria und er ein Paar wurden, trafen sie sich im Erholungspark, lagen im Gras, sie auf dem Rücken, er auf der Seite sie anblickend und studierend. Kannst du dich an deinen ersten Traum erinnern? Natürlich konnte sie das nicht, aber sie wusste, er würde nicht locker lassen. Mir träumte, ich wäre im Körper einer Schnecke gefangen. Meine Zunge war ein gefährliches Schwert mit einer Unzahl winziger Zähne. Ich fuhr vorsichtig die Fühler aus und sah einen Weg vor mir, lang und breit und voller Steine. Valentins Augen leuchteten. Du weißt, was das bedeutet, Maria? Natürlich wusste sie es nicht, sie fand ihren Traum nicht einmal besonders gut ausgedacht, aber Valentin erging sich in weitschweifigen Deutungen. Ebenso geduldig und akkurat war Valentin bei der Erkundung ihres Körpers. Dein linkes Augenlid zittert. Wenn sie sich küssten, hielt er inne und sagte: Merkst du das? Deine Lippen sind kühl heute. Kurz vor Marias neunzehntem Geburtstag verschwand Valentin von einem Tag auf den anderen. Weder seine Eltern, noch seine Freunde konnten etwas über seinen Verbleib sagen. Man mutmaßte, er habe bei einer unterirdischen Marinebasis angeheuert oder sei als Spion ins Ausland gegangen.

Was haben Sie gesagt, Matwej? Würden Sie mir noch Cognac nachschenken?

Selbstverständlich.

Wie unterscheiden Sie zwischen Abfall und den Dingen, die Sie sammeln?

Das ist eine gute Frage, die ich nicht beantworten kann oder nicht beantworten will. Aber ich lege Rechenschaft darüber ab.

Wem gegenüber?

Ich selbst bin der Revisor.

Die Tür ging auf, und ein völlig fremder Mensch steckte den Kopf herein und sah sich verwundert um. Matwej Alexandrowitsch setzte an, ihn zu fragen, ob er helfen könne, doch der Fremde entschuldigte sich mit den Worten, er müsse sich verirrt haben, offenbar seien einige Wände umgestellt. Er verschwand so rasch, wie er gekommen war.

Maria betrachtete Matwej, der auf dem Bett hockte, auf seinem Schoß das ungeheure Katzentier. Haben Sie auch ein Kästchen für mich, Matwej? Es dauerte eine Weile, bis er den Kopf schüttelte und seine Rechte an die Brust legte.

Ach, Matwej, jetzt gehen wir aber und hören uns Jankas Konzert an.

18

Die Wohnung war voller unbekannter Menschen, die zwischen Flur und Küche herumstanden, rauchten, tranken. Die wenigen Worte, die Warwara Michailowna aufschnappte, reichten, um zu begreifen, zu welcher Seite das Schiff kippen würde: Zukunft, Ende, Anfang, Privileg, Meer, Randgebiete, März, Moskau, Mumie, Garten, Fisch, Telefon, Krieg, Optimismus, Musik. In diesem Durcheinander konnte sie unbemerkt zum Zimmer der Kosolapijs gelangen.

Niemand in der Kommunalka wusste von ihrer Liebschaft mit dem Nachbarn Ippolit Iwanowitsch Kosolapij, und natürlich war es etwas ungewöhnlich, sich heimlich im Nebenzimmer zu treffen, wie eine Fünfzehnjährige durch den Flur zu schleichen, aber es war auch aufregend, und Warwara Michailowna fühlte sich nach diesen Treffen stets belebt.

Angefangen hatte es gegen Ende des vergangenen Sommers. Man feierte den Geburtstag des alten Professors in der Küche, es war lauter und fröhlicher als heute, und niemand störte sich daran, dass der Professor nicht erschienen war. Matwej Alexandrowitsch hatte sich wortreich in eine Rede zu Ehren des Jubilars verstrickt, als Nachbar Kosolapij sich unvermittelt zu Warwara beugte und ihr zuflüsterte, er sei schon lange hinter ihr her, ihre Verbindung sei durch die Vorsehung bestimmt, und nun sei es an der Zeit, sich dem Schicksal zu ergeben. Warwara Michailowna ließ ihn wissen, sie werde über sein Ansinnen nachdenken und ihn bezüglich ihrer Entscheidung in Kenntnis setzen.

Warwara klopfte dreimal kurz und zweimal lang, ihr Erkennungszeichen. Ippolit Iwanowitsch öffnete die Tür, verbeugte sich und ließ sie ein. Er trug den hellen Leinenanzug und darunter einen fliederfarbenen Rollkragenpullover. Noch bevor Warwara Michailowna etwas sagen konnte, nahm er ihr den Mantel ab und führte sie zum Sofa, über das ein frisches Laken geworfen war. Die Großzügigkeit dieses Zimmers versetzte Warwara jedes Mal einen neidvollen Stich.

Musik?

Nur nicht Chopin, bitte. Warwara Michailowna nahm auf dem Sofa Platz und sah sich um. Die Kosolapijs hatten die Möbel etwas umgestellt, und ein neues Bild hing an der Wand. Es zeigte eine große blaue Eidechse am oberen Bildrand und eine kleine blaue Eidechse am unteren Bildrand, dazwischen pastellfarbene Ornamente. Ein eigenartiges Bild.

Hing dort nicht früher der triumphale Einzug Peters I. in Moskau nach der Schlacht von Poltawa?

Ippolit Iwanowitsch antwortete nicht. Er wusste, dass sie ihn prüfte, denn sie hatte gleich zu Beginn ihres Verhältnisses die Losung ausgegeben, dass zu viel der Rede eine gute Sache schnell verderbe, und sie hatte sich folglich unnötige Konversation rund um den Liebesakt streng verboten.

Die Flasche Holunderschnaps stand schon auf dem Couchtisch, und Ippolit Iwanowitsch zog eine Schallplatte aus dem Regal, die er mit großer Geste auf den Plattenspieler legte. Konstantin Belyajew sang von Moskauer Damen, die in einem kaukasischen Kurort von schnauzbärtigen Herren umschwärmt wurden. Ippolit Iwanowitsch wiegte die Hüfte im Takt, näherte sich mit tänzelnden Schritten und zog Warwara Michailowna vom Sofa hoch. Sie tanzten schweigend und lauschten dem Text, der beide an denselben Stellen zum Schmunzeln brachte.

Ippolit Iwanowitsch hauchte Warwara Michailowna einen Kuss in den Nacken, arbeitete sich dann zu ihrem Mund vor. Darf ich, flüsterte er und begann, ihre Bluse aufzuknöpfen.

Sie dürfen, sagte Warwara Michailowna und legte ihre Hand auf die seine, aber langsam, mein Lieber. Sie trat einen Schritt zurück, zog Rock und Bluse aus, streifte die Strümpfe ab, ließ dann die letzten Hüllen fallen.

Soll ich das Licht löschen?

Wie Sie wünschen.

Er verneinte lächelnd und zog sich auch aus, stand dann nackt und sichtbar erregt vor ihr. Um die kleine Peinlichkeit zu überspielen, tanzten sie noch ein paar Takte miteinander, ließen sich endlich auf das Sofa sinken und gaben sich ihrer Leidenschaft hin.

Wenig später lagen sie mit glühenden Gesichtern beieinander, ihrer beider Bäuche weich und teilnahmslos dazwischen. Er knabberte an ihrem Ohr, aber sie bedeutete ihm, dass sie das heute nicht mochte. Er nahm ihre Hand und streichelte ihre Finger. Wie schade, schon vorbei, sagte er, stand auf und ging ans Fenster, wo die Kosolapijs eine kleine Privatküche eingerichtet hatten: eine elektrische Kochplatte und ein Kühlschrank. Kaffee? Er setzte den Kessel auf.

Einen Schnaps würde ich noch nehmen, dann muss ich gehen.

Sie haben es ja nicht weit. Übrigens habe ich heute eine geschlagene Stunde den Abfluss in der Badewanne gereinigt. Janka muss besser aufpassen.

Janka?

Niemand sonst in der Kommunalka hat lange Haare, und niemand sonst badet so viel wie Janka.

Warwara drehte sich auf den Rücken, streckte die Beine senkrecht in die Höhe, grätschte und schloss sie wieder.

Sie haben wundervolle Beine, wissen Sie das?

Warwara betrachtete die Adern, die bläulich unter der Haut schimmerten. Pass auf, dass du dich nicht in mich verliebst.

Pass selbst auf, Warenka!

Du kannst beruhigt sein, ich bin weit davon entfernt, mich in dich zu verlieben.

Wirklich?

Ja.

Darf ich fragen, weshalb, liebe Warwara?

Es ist gegen unsere Abmachung.

Ich verstehe. Aber es würde mich natürlich trotzdem interessieren. Er begann sich anzuziehen. Sie hatte noch keine Lust, denn es war gut, so nackt auf dem Sofa zu liegen.

Also? – aus dem Kühlschrank nahm er zwei Dosen Krebsfleisch und öffnete sie – warum wirst du dich nicht in mich verlieben?

Genug, sagte sie, Sie berühren einfach nicht mein Herz.

Das ist gut, denn Sie berühren mein Herz ebenso wenig. Werden wir uns trotzdem wiedersehen?

Es ist unvermeidlich.

Möchten Sie ihr Krebsfleisch von einem Teller oder direkt aus der Dose?

Aus der Dose natürlich. Krebsfleisch war eine Rarität, und wo der Nachbar es aufgetrieben hatte, wollte sie gar nicht wissen. Er setzte sich wieder zu ihr aufs Sofa und während er vorsichtig das Fleisch gabelte, betrachtete sie ihn von der Seite. Sagen Sie, Ippolit Iwanowitsch, haben Sie sich geschminkt?

Ein wenig, ich habe schlecht geschlafen und war etwas blass.

Ich verstehe.

Doch noch einen Kaffee zum Abschied?

Ach, warum nicht.

Während der Kosolapij den Kaffee zubereitete, zog sie sich an, nestelte lange am Verschluss von Marias Büstenhalter herum und beschloss, diesen nicht mehr anzuziehen. Sie faltete das Laken zusammen und klopfte die Kissen auf.

Zucker, Warenka?

Wie immer. Aber nennen Sie mich doch bitte – ich bitte Sie inständig – nicht immer Warenka.

Hier, Warwara Michailowna, Ihr Kaffee mit vier Löffelchen Zucker, was mir, wenn ich ehrlich bin, ein wenig zu viel scheint, insbesondere wenn wir die Tatsache ins Auge fassen, dass wir nicht mehr die Jüngsten sind.

Beschäftigen Sie sich bitte ausschließlich mit der Tatsache Ihres Alters. Wenn Sie Löffelchen sagen, verziehen Sie den Mund, wussten Sie das?

Ja, das wusste ich. Ist das nicht herrlich?

Gerade als Warwara Michailowna sich über sein breites Grinsen ärgern wollte, klopfte es an der Tür. Ippolit Iwanowitsch erstarrte und lauschte erschrocken. Wer ist das?, flüsterte sie. Er zuckte die Achseln und bedeutete ihr, still zu sein. Es klopfte wieder.

Warwara Michailowna, verstecken Sie sich hinter dem Sofa.

Sind Sie verrückt geworden?

Er schob sie hinter den Vorhang, wo das Ehebett stand. Sie hörte, wie Ippolit Iwanowitsch zur Tür ging und mit jemandem sprach. Es war die Stimme der Liebermann. Warwara Michailowna schraubte alle Cremedosen, die auf dem Nachtschränkchen von Ljobow Maximowna standen, nacheinander auf und roch daran. Die kleinste Dose, eine Augenpflege aus Bulgarien, ließ sie im Rockbund verschwinden.

Auf der anderen Seite des Vorhangs erzählte die Liebermann von einer Kiste, die zuerst neben der Küchentür gestanden habe, dann vor dem Zimmer des alten Professors, wenig später vor dem Zimmer der Karisen, und jetzt sei die Kiste verschwunden. Alles sei flüchtig, auf nichts sei mehr Verlass, ob ihn, Ippolit Iwanowitsch, das nicht auch beunruhige, gestern sei schon wieder ein Generalsekretär gestorben, eben sei es gemeldet worden, und auch der Besen in der Küche sei verschwunden, schon gestern, heute Abend könne man die Küche nun gar nicht mehr betreten wegen all der Ganoven und Prostituierten, die sich dort eingefunden hätten, sie müsse aber dringend fegen, eine Menge Schmutz habe sich schon wieder abgelagert, und sie habe gedacht, die Kosolapijs in ihrem schönen großen Zimmer mit einem eigenen Kühlschrank, vielleicht genießen die ja auch das Privileg eines eigenen Besens, den sie eventuell entleihen könnte. Warwara Michailowna konnte hören, wie Ippolit Iwanowitsch den Besen hinter dem Schrank hervorholte, und die Liebermann sagte, man habe übrigens schon heute einen neuen Generalsekretär ernannt, auch das sei vermeldet worden. Der Kosolapij sagte nur, ja, danke, bitte, gern. Dann polterte es, und Ippolit Iwanowitsch zog mit hochrotem Kopf den Vorhang auf. Ist es nicht beruhigend, dass wir uns immer umeinander sorgen?

Mir reicht es. Warwara Michailowna zog ihren Mantel über, ließ das Cremedöschen in ihre Handtasche gleiten und legte sich den Seidenschal, der am Haken neben der Tür hing, um den Hals.

Ippolit Iwanowitsch nahm ihre Hand. Morgen kommt meine Frau zurück. Ich fürchte, wir werden uns für einige Zeit nicht sehen können.

Sie sind wie eine Maus, die sich vor allem fürchtet, mein lieber Ippolit Iwanowitsch. Wir sehen uns gleich in der Küche.

Warwara trat auf den Korridor. Jemand sang heiser vom Tod. Die Tür zum Zimmer des Professors stand ein wenig offen. Warwara warf einen Blick hinein: Da waren die Kiste und der Besen, ein verkrusteter Topf, ein Stapel Akten. Jemand hatte diese Gegenstände einfach hier abgestellt. Durch den Durchbruch in der Decke erkannte Warwara im oberen Stockwerk den Mann aus dem Bus, der sich eben anschickte, seinen großen Teppich über dem Loch auszurollen. Das wird nicht funktionieren, sagte Warwara leise.

19

Die Tür flog auf. Diesmal war es Andrej. B. G. ist da!

Das glaube ich nicht, sagte Janka.

Er sitzt in eurer Küche, geh doch nachsehen.

Wie ist er?

Alt, über dreißig. Er trägt eine Krawatte, Westklamotten.

Und jetzt sitzt er in der Küche.

Ja, seltsam, wahrscheinlich war ihm langweilig. Was macht er überhaupt in diesem Kaff?

Frag ihn doch.

Andrej spuckte in die Hand und löschte seine Zigarette. Ich will nicht mit ihm reden.

Sitzt er allein herum?

Sina kümmert sich um ihn. Ich habe sie beauftragt. Das kann aber nicht lange gut gehen. Du musst jetzt da raus, Janka.

Was ist mit Pawel? Hast du ihn gesehen?

Er lässt dich im Stich. Ich schätze, die Straßenbahn hat ihn überfahren. Kopf ab.

Halt den Mund.

Wenn du nicht kommst, singe ich.

Mach doch.

Weißt du, Janka, auch ich will hier weg.

Und?

Niemand wartet auf uns. Er nahm ihre Gitarre und ging hinaus, ließ die Tür offen stehen. Kurz darauf wurde es still in der Küche, dann erklang seine Stimme.

Eine bunte Truppe hast du dir da eingeladen, die ganze Küche ist voll. Warwara Michailowna war hereingekommen und setzte sich neben Janka. In unserer Küche ist die Anarchie ausgebrochen, und du bist nicht dabei, sitzt hier herum wie Oblomow. Sogar die Liebermann ist gekommen, im seidenen Kimono und mit Hut auf dem Kopf diskutiert sie mit deinen Freunden die Lage der Nation.

Wo ist Kroschka?

Kroschka ist deine Tochter. Du solltest wissen, wo sie ist. Sie ist bestimmt bei deiner Mutter. Beruhige dich. Deine Schminke ist verschmiert. Komm her. Warwara Michailowna nahm ein Taschentuch und wischte Janka über die Augen.

Ist Pawel da?

Meinst du, dein Pawel würde nicht schauen, wo du bleibst, wenn er da wäre? Was ist los, Janka?

Wie war es bei der Arbeit? Warum bist du so vergnügt?

Heute hatte ich eine Mutter, so jung, wie du damals. Das arme Ding war ziemlich dramatisch, aber fast alle fluchen ja irgendwann unter den Wehen. Nur du hast nicht gefluche, du warst ganz ruhig, als du hier zu Hause deine Tochter zur Welt gebracht hast. Du hast sogar gesungen, weißt du noch? Nur deine Mutter hat vor Sorge mehrmals das Bewusstsein verloren. Ich musste mich gleichzeitig um Maria, dich und Kroschka kümmern.

Ich erinnere mich nicht.

Und als ich dir das Krümelchen an die Brust legte, hast du dich bedankt. Schau, was für ein prächtiges Mädchen du zur Welt gebracht hast, habe ich gesagt, aber du warst schon eingeschlafen und schnarchtest, als wärst du gerade von der Nachtschicht gekommen. Kroschka hat nach der Geburt ausgesehen, als hätte sie immer schon gelebt. Deine Mutter beruhigte sich endlich und heulte vor Rührung, da habe ich mich in die Küche verzogen und das Mittagessen gekocht.

Hast du auch B. G. gesehen? Ich meine – eben in der Küche?

Wenn es der ist, der als Einziger einigermaßen vernünftig aussieht, ist er da.

Hast du mit ihm gesprochen?

Natürlich. Er fragte mich, ob ich hier wohne, ob ich wisse, wann eine gewisse Janka spiele.

Und was hast du gesagt?

Was soll ich gesagt haben? Ich habe gesagt, du kommst gleich.

Und dann?

Nichts. Dein Andrej singt sich die Seele aus dem Leib. Ich muss sagen, gar nicht so schlecht. Er hat Talent.

Er ist nicht mein Andrej. Aber es sind meine Lieder, die er da singt.

Dann komm und sing deine Lieder selbst. Komm, mein Goldfisch, es ist dein Abend.

Geh schon vor, ich komme gleich. Warte. Wusstest du, dass der Professor davongeflogen ist?

Ja. Und jetzt beeil dich, die Leute werden nicht ewig warten.

Wieder klopfte es, und in der Tür erschienen ihre Mutter und Matwej, er mit der schlafenden Kroschka auf dem Arm. Sie sahen aus wie eine kleine Familie.

Janka? Was machst du denn hier ganz allein?

Ich kann jetzt nicht.

Wenn es dir unbehaglich ist, Janka, musst du doch gar nicht singen. Dein Andrej unterhält das Publikum ganz gut.

Du verstehst gar nichts.

Wieso schreist du? Was soll man von dir denken?

Wer soll was von mir denken?

Alle. Die Gäste. Matwej Alexandrowitsch. Ich.

Ich soll mir Gedanken machen, was du von mir denkst?

Ich weiß nicht, sagte Maria Nikolajewna. Deine Tochter?

Janka nahm Matwej das Kind ab, riss Kroschka dabei versehentlich einen Arm aus, legte den Arm auf die Kommode, drückte das Kind an sich, küsste es ab.

Du machst ihr Angst, Janka.

Ich mache meiner Tochter Angst? Du willst mir sagen, wie ich mit meiner Tochter umzugehen habe?

Hör bitte auf, Janka, sagte Maria gequält. Matwej Alexandrowitsch wusste auf armselige Weise nicht, wohin er schauen sollte.

Janka setzte Kroschka auf den Boden, packte Maria an den Schultern und schüttelte sie. Wie leicht ihr Körper sich bewegen ließ, wie weich und ohne Widerstand. Hatte sie überhaupt Grenzen, feste Umrisse? Und dann kam es Janka vor, als wäre sie selbst es, die ihr dort gegenüberstand und geschüttelt wurde.

Maria schloss die Augen und summte. Janka ließ von ihr ab, sie sollte aufhören mit diesem wahnsinnigen Summen. Sogar jetzt musste sie sich in Szene setzen. Gleich würde sie anfangen zu weinen, würde vor ihren Augen zerfallen, vom nächsten Windstoß verweht werden. Aber nichts dergleichen geschah.

Geht schon voraus in die Küche, sagte Janka, ich werde gleich kommen.

Maria Nikolajewna nickte, nahm Kroschka und

den ausgerissenen Arm. Ist alles halb so schlimm, murmelte sie im Hinausgehen.

20

Das müsste erst einmal halten, sagte Matwej Alexandrowitsch, legte das Werkzeug beiseite und blickte Maria über seine Brille an. Maria nahm Kroschka auf den Arm, strich ihr übers Haar und schaute geradeaus ins Leere.

Durch die halb offene Tür konnte man auf dem Flur schwarz gekleidete Männer sehen, die blühende Kirschbäume vorbeitrugen. Aus der Küche schallte Andrejs Stimme, der gegen den dritten Satz aus Chopins zweiter Klaviersonate ansang. Matwej stand auf und schloss die Tür. Ich muss Ihnen etwas sagen, Maria Nikolajewna.

Sie können mir alles sagen, Matwej Alexandrowitsch, aber erst brauche ich noch einen Cognac.

Natürlich. Irgendwo müsste ich auch noch eine Schachtel Pralinen haben –.

Maria legte Kroschka aufs Bett. Ich will keine Pralinen.

Dann will ich auch keine. Matwej schenkte sich Cognac ein und vergaß darüber, auch Maria nachzuschenken. Sie nahm ihm kurzerhand die Flasche aus der Hand und füllte ihr Glas.

Manchmal glaube ich, ich habe mit Janka alles falsch gemacht, sagte sie nach einem kräftigen Schluck.

Janka sollte endlich heiraten und ausziehen.

Janka soll ausziehen?

Natürlich sollte sie ausziehen und ihr eigenes Leben leben. Diese Enge hier hält doch keiner aus. Und wer kümmert sich um das Kind, solange Janka hier wohnt? Sie sind es!

Aber das tue ich doch gern. Ich würde sterben ohne Janka.

Das würden Sie zum Glück nicht.

Hören Sie, draußen ist es plötzlich ganz still.

Vielleicht habe ich heute einen Menschen umgebracht, sagte Matwej leise.

Als suche sie etwas in ihrem Mund, fuhr Maria Nikolajewna mit der Zunge ihre Mundhöhle ab. Er konnte es genau sehen: Erst die linke Seite, dann die rechte Seite, die obere Zahnreihe, die untere Zahnreihe. Vielleicht hatte sie ihn nicht gehört.

So hören Sie doch, Maria Nikolajewna, vielleicht habe ich heute einen Menschen umgebracht.

Sie legte einen Finger an die Lippen und wies auf Kroschka. Dann flüsterte sie: Was folgt daraus, Matwej?

War dies die einzig interessante Frage in dieser Angelegenheit? Was folgt daraus? *Was folgt daraus* war eine Frage, auf die er keine Antwort hatte. Vielleicht hatte sie ihn nicht richtig verstanden, oder sie war nicht bei Verstand, oder sie wollte nicht bei Verstand sein, was er durchaus verstehen konnte, denn der Verstand bot wenig erfreulichen Spielraum. Setzte er voraus, dass es immer Möglichkeiten der Auslegung gab, es also niemals ein endgültiges Urteil geben konnte, weil man alles wie ein Fleischbällchen in der Panade hin und her wenden konnte, schimmerte doch in der Ferne die Idee der Vergebung. Genosse Matwej Alexandrowitsch, die Schlüsse Ihrer Logik sind falsch, weil Sie von falschen Voraussetzungen ausgehen. Folgte man Ihrer Logik, hieße das ja, das Böse existiere gar nicht, nicht in der Natur und nicht in Ihnen. Ich habe gemeint, es gab in mir die böse Absicht nicht. Bedingt das eine nicht das andere? Doch, natürlich, oder warten Sie – ist es nicht das Gute, das es nicht gibt? Sie müssen sich entscheiden. Wie viel Zeit habe ich? Das hängt von Ihnen ab. Warten Sie, lassen Sie mich nachdenken, wenn man davon ausgeht, dass unser Tod festgesetzt ist, dann könnte man doch fragen, warum es schlimme Krankheiten gibt oder warum sich Wale ohne ersichtlichen Grund ans Land begeben und sterben – und zwar ohne sterben zu wollen. Rundheraus: Haben Sie mit Absicht gehandelt? Sie meinen, ob es meine Absicht war, dass der Student stirbt? Selbstverständlich nicht – aber warten Sie, eigentlich erinnere ich mich nicht.

Da war sie wieder, die schreckliche Unordnung seiner Gedanken, er hatte sich verlaufen, und wie lächerlich es war, sich in diesem winzigen Zimmer zu verlaufen. Und diese Frau, die dort neben seinem Schreibtisch stand und Gagarin kraulte, wollte gar nicht wissen, welchen Menschen er umgebracht hatte und warum. Sie hatte gefragt: *Was folgt daraus?* Aber musste er nicht zunächst klären, woher das Unglück rührte? Musste er nicht schnellstens ins Institut fahren, dort den Tag neu beginnen? Aber wenn er diesen Tag noch einmal durchleben würde, wäre es doch höchst unsicher, dass er diese Stunden mit Maria Nikolajewna noch einmal genauso erleben würde. Er musste sich also entscheiden und stieß hervor: Es war nicht Mord, es war ein Unfall.

Sehen Sie, umso besser, antwortete Maria leichthin. Unfälle passieren, und Menschen sterben.

Kluge, wunderbare Maria Nikolajewna! Sie hatte ihn verstanden. Es war ein Unfall. Das hatte sie sehr richtig gesagt. Alles hatte sie verstanden. Und wie hübsch sie war, wahrlich wie eh und je, das ganze Gesicht leuchtete im hellen Schein ihrer Anmut.

Wissen Sie, Maria, sagte er überschwänglich und erfüllt von einer Erleichterung, die seine Stimme beinahe kippen ließ, als meine Mutter starb, fuhr ich zum Ort meiner Kindheit, und in der Tiefe des Zimmers stand das Bett der Toten. Menschen, deren Gesichter im flackernden Licht der Kerzen kaum zu erkennen waren, schüttelten mir die Hände, küssten mein Gesicht, was für ein Unglück, sagten sie. Und ich, der Sohn, stand da und betrachtete meine tote Mutter, vom Todeskampf erschöpft, steif und geduldig. Und doch meinte ich, eine kleine Neugier in ihren Zügen zu erkennen, als habe sie sich kurz vor dem Ende gefragt: Was kommt denn jetzt? Eine Nacht wachte ich fröstelnd an ihrem Totenbett, fuhr immer wieder hoch, wenn ich fast einschlief, die zweite Nacht wachte ich, und in der dritten Nacht – gegen zwei Uhr morgens – stand ich auf und ging und kam nicht mehr zurück. Nein, auch zur Beerdigung kam ich nicht zurück. Ich dachte, es reicht, ich habe mein Soll erfüllt.

Maria Nikolajewna war ans Fenster getreten, sie sah aber nicht hinaus, sondern schaute in seine Richtung. Heißt das, Sie sind nicht zur Beerdigung Ihrer Mutter erschienen, Matwej?

Er nickte.

Wissen Sie, Matwej, Sie haben Humor, das mag ich an Ihnen. Sie lassen diese Geschichten so lebendig werden. Dabei schrecken Sie vor nichts zurück. Das imponiert mir ungeheuerlich. Woher nehmen Sie nur Ihre Einfälle?

Wovon sprechen Sie, Maria Nikolajewna?

Tun Sie nicht so, Matwej. Ich habe Sie durchschaut. Das ist so geschickt. Und wäre unsere Zeit nicht so beschränkt, dann würde ich mich auf das Spiel mit Ihnen einlassen. Aber leider neigt sich dieser Tag nun schon seinem Ende zu, und wir haben die Verpflichtung –. Sie machte zwei Schritte in seine Richtung.

Nein, nein, nein. Matwej hob abwehrend die Hände.

So steht es geschrieben.

Genug jetzt. Matwej begann, die Gegenstände wieder einzusortieren, die Kroschka aus den Kästchen genommen und überall verteilt hatte. Nein, nein, ich versichere Ihnen, liebe Maria Nikolajewna, es ist kein Spiel.

Stehen Sie auf, Matwej. Warum knien Sie so auf dem Boden? Ich mag das nicht. Pfui, das ist unwürdig! Sie ging ebenfalls auf die Knie, um ihm beim Einsammeln der Stifte und beim Sortieren der Zeitungsartikel zu helfen. Und so krochen beide auf allen vieren, kamen sich wie zufällig näher, entfernten sich wieder.

Ich kann den einen Stift, Sie wissen schon, Matwej, von dem Sie so schön gesprochen haben, ich kann ihn nicht finden, flüsterte Maria Nikolajewna.

Sie meinen den roten Stift, nicht wahr?

Ja, den dunkelroten Stift. Wo kann er nur sein?

Wo kann er nur sein?, hauchte er mit geschlossenen Augen. Er konnte ihren Atem riechen, Cognac und eine ungeordnete Heiterkeit. Er spürte das Klopfen seines Herzens, das in seiner Bedrängnis davonzulaufen schien und seinen ganzen Körper beben ließ. Er war von seiner Schuld erlöst. Irgendein Gott hatte ihn erlöst. Oder war dies der letzte Augenblick des Glücks, der ihm vergönnt war, bevor er für immer in der Schuld versinken sollte?

Die ganze Spannung löste sich, als sie mit den Köpfen aneinanderschlugen, und Maria Nikolajewna spitz aufschrie: Was haben Sie für einen harten Kopf, Matwej! Übrigens, wussten Sie, dass der Zirkus wieder in die Stadt kommt?

Nein, wann wird der Zirkus in die Stadt kommen?

Nächste Woche schon. Ich möchte mit Kroschka hingehen. Vielleicht möchten Sie uns begleiten?

Ich danke Ihnen für das Angebot, das ich leider ablehnen muss. Ich fürchte mich vor Clowns.

Wirklich? Warum denn?

Dieses Grinsen, das ist doch unangenehm.

21

Sie könnte in die Berge verschwinden, wohin sie als Kind mit ihrem Vater zum Zelten fuhr. Dort stiegen sie auf einer Lichtung aus dem Auto, sahen sich um und stellten fest, dass um sie herum keine Menschenseele war. Es gab nur den Wald, einen Tümpel, den Himmel, der sich zerstreut im Wasser spiegelte. Der Vater baute schweigend das Zelt auf, sie holte Wasser vom Teich, wartete, bis der Vater das Feuer entfacht hatte, damit sie kochen konnte. Sie wusste, für die nächsten Tage hatte sie den Vater ganz für sich allein. Sie würden angeln und durch den Wald streifen, und der Vater würde ihr Geschichten erzählen, und sie würde ernst zuhören und versuchen, keine blöden Fragen zu stellen. Nachts liegen sie aneinandergeschmiegt im Zelt und lauschen gespannt auf die Geräusche des Waldes, es ist nicht ausgeschlossen, dass sogar Bären und Luchse herumstreunen. Die unheimlichsten Geräusche machen die Igel. Es hört sich an, als laure eine Horde röchelnder Banditen mit gewetzten Messern vor dem Zelt. Aber sie hat keine Angst, neben dem Vater fühlt sie sich sicher. Es sind Momente seliger Ereignislosigkeit. Wenn der Vater schon schläft, liegt sie da und malt sich die Zukunft aus. Sie möchte von schönen Dingen umgeben sein, und sie möchte, dass man sie in Ruhe lässt, dass man sie selten anspricht und wenig von ihr fordert. Sie möchte genügend Zeit haben, darüber nachzudenken, warum sie existiert. Wenn sie diese Gedanken mit dem Vater teilt, lacht er. Ich wünsche dir, dass deine Träume in Erfüllung gehen.

Mit einem großen Gitarrenkoffer in der Hand betrat Pawel das Zimmer, schaute sich um, schloss die Tür hinter sich, stellte den Gitarrenkoffer ab und setzte sich zu Janka aufs Bett. Er war etwas blass, nur seine Lippen leuchteten rot, als hätte er Kirschen gegessen.

Da bist du.

Es war nicht ganz einfach, ein ziemlicher Wirbel. Weißt du, Janka, ohne auf Einzelheiten einzugehen, kann ich sagen, dass das Schicksal mich mitleidslos behandelt wie der Sturm ein Schiffchen im Meer, tosende See, hin und her, grässlich.

Du bist im falschen Stück, Pawel. Wirst du mir jetzt auch noch erzählen, dass heute Morgen eine Spinne von ungeheurer Größe auf deiner Brust saß, um mir dann zu sagen, dass es gar keine Spinne gab?

Und du könntest antworten: In sechs Tagen bin ich wieder in Paris. Morgen setzen wir uns in den Kurierzug und sausen los.

Passender wäre vielleicht: Unser beider Seelen haben kein Gefäß, in dem sie sich vereinigen können. Jeden Tag pilgere ich sechs Werst her und sechs zurück, weil ich es aus Liebe zu Ihnen nicht aushalte, aber was erwartet mich jedes Mal: Ihre Gleichgültigkeit.

Das sagt wer?

Semjon Semjonowitsch Medwedenko zu Mascha. Warst du in der Küche, Pawel?

Sie warten alle auf dich. Die gesamte Kommunalka. Deine Mutter, deine Großmutter und deine Tochter. Irgendwelche Freunde von Andrej und B. G. Andrej hat gerade aufgehört zu singen, jetzt sitzen alle ganz still und warten auf deinen Auftritt.

Ganz still ist es, sagst du?

Sogar dieser hässliche Kater sitzt mit gespitzten Ohren da und wartet. Willst du die Gitarre nicht ansehen?

Janka blickte auf den Koffer. Natürlich, sagte sie, machte den Koffer aber nicht auf. Es ist nicht still, hör doch. Was ist das für ein Geräusch?

Das Haus wird abgerissen.

Nein, so klingt es nicht. Es klingt nach einem Fest. Es klingt, als würden sich Menschen amüsieren, miteinander trinken, plaudern und Kunststücke machen.

Das täuscht, Janka.

Weißt du noch, wie wir uns kennenlernten? Wir

waren zehn Jahre alt. Du hast mich von der Schule abgeholt, und wir unterhielten uns über Regenwürmer.

Du hattest eine riesige Lücke zwischen den Schneidezähnen.

Wir haben meinen Vater gesucht. Du wolltest jedes Detail seines Verschwindens wissen, und ich wusste nur, was meine Mutter sagte: In die Taiga hat er sich davongemacht! Wir haben jeden Strauch und jedes Gebüsch im Erholungspark untersucht, und wenn wir müde wurden, setzten wir uns auf die große Wiese, und du flochtest mein Haar zu einem langen Zopf. Später, als ich im Pionierlager war, lag ich nachts wach und habe von dir geträumt.

Im Koffer ist die Gitarre, die du dir gewünscht hast.

Danke. Vielleicht habe ich einen Fehler gemacht, damals, vielleicht gibt es keinen Anspruch auf erwiderte Liebe. Janka streckte ihre Hand nach Pawel aus, bekam ihn aber nicht zu fassen.

Wenn du jetzt nicht in die Küche gehst –.

Was kann mir passieren?

Du singst so schlecht, dass alle fliehen. Du singst so gut, dass B. G. dich und Kroschka nach Leningrad mitnimmt – direkt auf die große Bühne. Allerdings könnte es auch sein, dass du zwar sehr gut singst, aber niemand versteht deine Kunst, niemand würdigt sie, alle gähnen. Oder du singst schlecht, und alle sind begeistert, du aber schämst dich und verkriechst dich.

Das sind die Möglichkeiten?

Es könnte auch passieren, dass sie sagen, es war in Ordnung, nichts Halbes und nichts Ganzes. Oder alle sind begeistert, aber B. G. nimmt dich trotzdem nicht mit nach Leningrad, und du bleibst hier bei uns. Oder alle sind begeistert, nur B. G. findet es mittelmäßig und provinziell. Oder deine Großmutter weint vor Rührung, und euer Matwej Alexandrowitsch, der brave Kommunist, meldet es, und wir wandern alle ins Gefängnis.

Ich komme gleich. Geh du schon voraus. Ich brauche noch einen Augenblick.

Janka?

Pawel?

Wenn Sie wieder nach Paris reisen, nehmen Sie mich mit? Sie sehen doch selbst: ein verblödetes Land, ein Volk ohne Haltung, dazu die Langeweile, die schlechte Küche. Nehmen Sie mich mit, seien Sie so gut.

Janka nickte. Pawel öffnete das Fenster und flog davon.

Janka nahm die Gitarre aus dem Koffer. Der Lack glänzte. Sie legte die Gitarre zurück und trat auf den Korridor. Links, zwischen Küche und Wohnungstür war ein Tumult, alle Türen standen offen, Menschen liefen aufgeregt hin und her, trugen Gepäckstücke, Bücher, Kisten, Töpfe. Niemand beachtete sie, jemand rief: Also, Herrschaften, es wird Zeit, wir müssen los! Ein anderer suchte seinen Mantel, jemand hustete laut und fluchte, ich habe Wasser getrunken und irgendetwas verschluckt. Dumm wie Brot. Wir fahren. Und keiner bleibt hier. Haben wir keinen vergessen? Es muss überall abgeschlossen werden! Im Durcheinander hörte Janka den Kosolapij rufen: Meine Freunde, meine lieben, teuren Freunde, eine Trauer erfüllt mich beim Abschied von unserem alten Haus, unserer Wohnung, so sehen Sie doch, diese Wände, als verabschiedeten auch sie sich von uns. Nun übertreiben Sie aber, verehrter Ippolit Iwanowitsch! Dann die Stimme der Großmutter: Matwej, haben Sie meinen neuen Seidenschal gesehen? Ich werde ihn suchen, Warwara Michailowna, Sie werden ihn brauchen, es ist kalt, ein Schneesturm tobt da draußen. Da ist ja unsere Janka! Wo warst du denn, wir haben auf dich gewartet!

Matwej Alexandrowitsch, sagen Sie, was passiert hier?

Was hier passiert?, fragte Matwej Alexandrowitsch zurück und war schon wieder in der Menge verschwunden. Janka bekam den Kosolapij beim Ärmel zu fassen, so warten Sie doch, wo wollen denn alle hin?

Das Haus wird abgerissen, du musst dich beeilen, rief der Kosolapij und stürmte davon.

Abgerissen?

Oder umgebaut, so genau weiß das niemand. Sag mir lieber, wo ich meine Gummigaloschen finde. Ich müsste nach Moskau fahren, um einige wichtige Angelegenheiten in Ordnung zu bringen, raunte die Liebermann im Vorübereilen. Fahren Sie, fahren Sie ruhig! Aber der Schneesturm? Sie werden es überleben. Hier, Mutter, ich bin hier, gib mir deinen Koffer, aber er ist ja ganz leicht, Matwej, der Koffer meiner Mutter ist ganz leicht! Umso besser, verehrte Maria Nikolajewna, geben Sie mir den Koffer. Nun aber los, so kommen Sie doch! Was ist mit den Karisen? Richtig, hat man die Karisen benachrichtigt? Irgendjemand wird es getan haben. Aber können wir darauf vertrauen? Sie stellen ja Fragen, wir müssen darauf vertrauen. Wir dürfen die jungen Leute nicht vergessen! Wer hat das gesagt, waren Sie das, Warwara Michailowna? Nein, Matwej, das müssen Sie selbst gewesen sein. Und das Kind, wo ist das Kind? Geben Sie mir den Champagner und lassen Sie uns auf das Wohl der Zurückbleibenden trinken! Pfui, es ist nicht mal echter Champagner! Matwej, erzählen Sie uns wieder von den Planeten? Später! Lasst mich noch eine letzte Minute hier stehen, so sehen Sie doch, wie grau die Wände sind. Ist Ihnen das noch nie aufgefallen? Nein, das ist mir vorher nicht aufgefallen. Sehen Sie, alles halb so schlimm. Nun aber los, hier stehen noch Stiefel, die Letzte macht das Licht aus.

Alle drängten hinaus. Es wurde wieder still.

Sie haben mich vergessen, sagte Janka leise zu sich selbst.

Sie ging den Korridor entlang. Auf dem Boden war an einigen Stellen Watte angehäuft, in einem der Wattehaufen steckte ein Schild mit der Aufschrift *Russischer Schnee zu Beginn der Wintermonate*, in einem anderen steckte ein Schild mit der Aufschrift *Russischer Schnee am Ende der Winterzeit*. Janka ging weiter, vorbei am Zimmer des Professors und vorbei am Zimmer der Karisen bis zum Ende, und dort, wo sie noch nie zuvor gewesen war, fand sie eine weitere Tür.

Dahinter tat sich eine Landschaft auf: Die Sonne stand tief über dem Wasser des schwarzen Flusses, auf der anderen Seite leuchtete die Fabrik von elektrischem Schein umkränzt, davor das abschüssige Ufer. Es war warm wie an einem Sommerabend, und doch lagen zwischen den Hügeln auf den Rasenflächen Schneereste. Im Osten das Wäldchen, ein dunkler Schattenriss, und ungewöhnlich kleine Kirschbäume blühten in voller Pracht unter einem wolkenlosen Himmel.

Lange stand Janka einfach da und schaute, war

glücklich wie eine Genesende, die nach langer Krankheit zum ersten Mal nach draußen tritt und einen kühlen Wind auf der Haut spürt. Sie winkte den Karisen zu, die zwischen den Hügeln davonzogen, und verbeugte sich tief.

Ich danke allen, die mich bei der Arbeit an diesem Roman begleitet und unterstützt haben.

Katerina Poladjan
Hier sind Löwen

Eine alte Familienbibel
Eine Buchrestauratorin in Jerewan
Eine Reise in die Geschichte Armeniens und zu den blinden
Flecken des eigenen Lebens

»Wohin gehen wir, Anahid? Sie schwieg und dachte nach, und endlich hatte Anahid eine Antwort für ihn. Sie sagte einfach, es wird gut werden, irgendwann wird es wieder gut werden, und er fragte, wo ist dieses Irgendwann, und sie sagte, es ist hier und wir nehmen es mit.«

Roman
320 Seiten, gebunden

Weitere Informationen finden Sie auf
www.fischerverlage.de